8
JN038088
ユフィリア・フェズ・パレッティ
マゼンタ公爵家の令
アニスフィアのた
女王に即位し
アニスフィア・ウィン・パレッティア
パレッティア王国第一王女。
魔法に憧れ、研究を続けている。
転生王女と天才令嬢の魔法革命
The Magical Revolution of
Reincarnation Princess and Genius Young Lady....

CONTENTS

Author
Piero Karasu

Illustration
Yuri Kisaragi

The Magical Revolution of Reincarnation Princess and Genius Young Lady....

「アニス」
「なぁに？」
「大好
「……私の全てを愛
全力で私を求めて
本当に愛おしいんで

仕方ないことでしょう？」
「このままユフィリア様と
アニス様に任せっきりには
出来ませんから」

「長く人として生きたいというのなら、人であることにしがみつきなさい」
「救えないよ、こんなの何をどうしたって救えない」

です」
「知ってるよ」
「愛してます」
「うん、うん」
り止めて、
くれる貴方が
す」
「……うん」

転生王女と天才令嬢の魔法革命8

鴉ぴえろ

ファンタジア文庫

3378

口絵・本文イラスト　きさらぎゆり

転生王女と天才令嬢の魔法革命8

The Magical Revolution of Reincarnation Princess and Genius Young Lady....

Author 鴉ぴえろ
Illustration きさらぎゆり

[これまでのあらすじ]

魔法に憧れながらも魔法を使えない王女、アニスフィア。
彼女は天才令嬢・ユフィリアを婚約破棄から救い、共同生活を始める。
愛する人のため女王として政務を続けるユフィと、
自らの望む魔学研究のため魔学都市の建設を進めるアニス。
二人の魔法革命は、国の未来のため――

[キャラクター]

イリア・コーラル
アニスフィアの専属侍女。

レイニ・シアン
婚約破棄騒動の発端。実はヴァンパイアで、今は離宮の侍女。

ティルティ・クラーレット
呪いに関する研究をしている侯爵令嬢。

リュミエル・レネ・パレッティア
不老の精霊契約者にして、パレッティアの祖先。

ガーク・ランプ
アニスの研究助手。近衛騎士団の見習い。

ナヴル・スプラウト
騎士団長の息子。現在はアニスの護衛をしている。

ハルフィス・アンティ
魔法の研究に功績がある令嬢。今はアニスの研究助手。

Author
Piero Karasu
Illustration
Yuri Kisaragi

The Magical Revolution of Reincarnation Princess and Genius Young Lady....

オープニング

充実している日々というのは、あっという間に過ぎていくものだ。

私──アニスフィア・ウィン・パレッティアは執務の合間にそう思い、そっと息を吐いた。その溜息《ためいき》を聞いてプリシラが顔を上げた。

「どうかされましたか、アニスフィア王姉殿下？」

私専属のメイドとして魔学都市に付いてきた彼女だけど、事務能力の高さから秘書としても働いてくれている。性格や態度には少し難ありな部分があるけれど、害になるということはないので十分に仕事を任せられる。

「いや、魔学都市もかなり形になってきたなって思って」

窓の外に見える景色に視線を向けながらぽつりと呟《つぶや》く。

魔学都市アニスフィア。その名前を心の中で呟くと気恥ずかしさが浮かんでくる。

だから私は頑《かたく》なに魔学都市としか呼んでない。そんな内心を態度から察されているのか皆から時折生暖かい視線を向けられるけれど。

都市の建設は順調の一言であり、これから更に外に拡張していく予定だ。私たちが住んでいる区画は優先順位もあってかほぼ完成している。

驚くべき速度で建設が進んでいるのも、贅沢《ぜいたく》に魔法を使って作業を進めているからだ。トラブルなどが起きなければ、年内には完成の目処《めど》が立つだろう。

まぁ、だからこそ私が忙しくなっている訳だけど。それが充実に繋《つな》がっているのだから悪いことなど何もない。

「これからもっと忙しくなるので、溜息を吐《つ》いていないで仕事を進めてください。でないと溜《た》まる一方ですよ？」

「溜息じゃないから！　単に感慨深いなぁ、って思ってただけじゃん！」

「そうでしたか、それは失礼致しました」

「本当に思ってるのかなぁ……」

そうして私がプリシラに呆《あき》れていると、ノックの音が聞こえてきた。

プリシラが扉を開けに行くと、中に入ってきたのは二人。ガッくんとナヴルくんだ。

「失礼致します、アニスフィア団長」

「ただいま戻りましたーっと！」

「ナヴルくん、ガッくん、おかえり」

「視察、お疲れ様です」

プリシラがそう声をかけると、ナヴルくんは軽く肩を竦《すく》めてみせた。

「視察という程ではないが……まぁ、下見であることには変わらないか」

「私の引っ越し先はどうだった？」

「えぇ、建設は順調に進んでいましたよ」

そう、実は私には引っ越しの予定があるのだ。

私が魔学都市で今いるのは開拓のための拠点である砦《とりで》なんだけど、今後も使い続けるには問題がある。

何せ、この砦はあくまで仮拠点。今後、改修工事をすることを前提に建てられている。間に合わせである以上、本来であれば王族である私が普段から使うのは建前上、よろしくないという訳だ。

そこで建設が一通り落ち着いたのもあって、私が住むための屋敷《やしき》を作り始めた。砦では何をするにしても手狭だったし、ドラグス副団長も私が住む所をしきりに気にしていたから、良い機会だと思っていそうだ。

「私も王族である以上、見栄《みば》えというものは大事にしないといけないんだけどねぇ」

「まだご自分の屋敷を作るのにご不満が？」

「不満というよりは、申し訳なさかな？　だって、私のせいで仕事を増やしてるようなものでしょう？」

「いずれは必要になるものでした、その用意が早くなっただけのことですよ。いつまでもこの砦を使っていれば、シアン男爵の評判にも関わります」

「私が気にしない、って言ってもダメだよねぇ」

「アニスフィア団長は王族なのですから、受け入れてください」

簡単に言ってしまえば、私がいつまでも今の生活を続けていると、開拓の責任者であるシアン男爵の能力を疑われてしまう訳だ。王族への敬意が足りない、とかね。

そういった意味で私がいつまでも砦にいるのは不味《まず》い。余裕が出来たのであれば、そういった方面に気を遣う必要も出てくる。

まぁ、正直屋敷に関しては専門家に丸投げしている。要望がないか聞かれたんだけど、変に要望を言うと奇抜になるんじゃないかって思ったんだよね。王族らしさとか私に求められても困る。

そういう訳で、ナヴルくんは私を護衛する立場からの意見を出すために下見に向かっていたという訳だ。見栄えだけじゃなくて、警備のことについても考えないといけないというのが私の立場を改めて思い知らされる。

窮屈さを感じるのはあんまり好きじゃないけれど、心配されているのだと思えば飲み込むことは出来る。出来るだけ私の要望を叶《かな》えようとしてくれたりとか、その心意気はありがたい。良くして貰《もら》っている分、周りの人に感謝をしていかないといけないな。

「屋敷については何も問題はないと思いますが、本当に何も要望などは出さなくても良いのですか？」

「うん。私が望む通りにすると、多分だけど王族に相応《ふさわ》しくならなそうだから」

「アニス様って王族なのに質素だったり、倹約家ですからね」

ガッくんが感心したように言うけれど、すぐにプリシラが溜息を吐いた後に呟いた。

「いいえ、それは違いますガーク様。正確には贅沢に無頓着で、興味のないものには食指が動かず、必要なものは自分で集めれば良いとお考えだからです」

「……プリシラ、正論は時に人を傷つけるんだよ？」

「正論ということで同意を得られたことを嬉《うれ》しく思います」

「こいつぅ！」

「……まぁ、それなら下手に要望などを出して頂かなくて良かったかもしれませんね」

ナヴルくんが反応に困ったように言葉を濁した。言われなくても、私に王族らしい感覚がないことは理解してるよ！

そんなタイミングで、シャルネがお茶を載せたカートを押してくる。

元気な彼女を見ていると、こっちまで元気を貰えた気になる。まだまだ子どもと言ってもいい年齢なのに、辺境という不便な土地でも元気に頑張ってくれている。

「アニスフィア王姉殿下、お茶をお持ちしました！　一息入れませんか……って、何かありました？」

「いや、何でもないよ。皆の分もいれてくれる？」

「はい！　お任せください！」

元気よく返事をしながらシャルネがテキパキとお茶の準備を進める。その間に私たちも席についてテーブルを囲む。

「私だって立場に合わせて振る舞いたいけど、すぐに身につくようなものじゃないでしょう？　ずっと離宮にいて引き籠もった訳だし……」

今は周りの期待に合わせようと頑張ってはいるけれど、人はそう簡単に変われる訳じゃない。私自身もそうだし、周囲の人たちもそうだろう。

だから私自身の要望を伝えるのは憚《はばか》られてしまう。特に王族としての立場が求められる時には下手に口出ししない方がいいとまで思ってる。結局、二度手間になるんじゃないかって考えちゃうとねぇ……。

「それを言われると何とも言葉に困るのですが……」

「私も困っちゃうよ」

ナヴルくんが眉を寄せているのを見て、私も苦笑してしまう。

「それに、今後のことを考えれば私の要望を取り入れすぎるのもどうかと思うんだ」

「今後のことですか？」

眉を寄せていたナヴルくんだったけど、私の言葉にきょとんとした表情を浮かべた後、首を傾《かし》げた。

「私だってずっと魔学都市にいる訳じゃないだろうからね。ちゃんと後任に引き継ぐことも考えると自分の要望ばかり通す気にはならないよ」

そう言うと、ナヴルくんは驚いたように目を見開いた。思ってもみなかったことを聞いたと言わんばかりの仕草だ。

「まだ騎士団長や研究室長になって一年も経《た》っていないのに、もう引き継ぎのことまで考えているんですか？　流石《さすが》に気が早すぎると思いますが……」

ナヴルくんが戸惑いを隠せないまま、そう言った。

もちろん、でも気が早いと思ってはいるんだけど、最近はどうしても考えてしまうんだよね。色々と立場を得たのが理由だけど。

「正直、いつ今の立場を退《ひ》くのかもハッキリしてないからね。だから備えだけはしておきたいんだ。良くも悪くも、私の進退はユフィ次第だから」

「……それは、ユフィリア女王陛下が王位から退いた時には、一緒に退くつもりだとお考えなのですか？」

「そのつもりだよ。ユフィが玉座を降りるのは、自分の後を任せられる人が育った時だろうから。だから私も後を引き継ぐことが出来る人を早めに育てておくつもり。いつその時が来てもいいようにね」

「ユフィリア女王陛下はそんなに早く退位するのですか？」

「流石に数年内とかじゃない筈《はず》だけど。でも遠くなりすぎるということにもならないかな、って思ってるよ。そうあるべきだとも思ってるしね」

「それは何故《なぜ》ですか？」

ナヴルくんが真剣な表情で問いかけてくる。不満というか、納得がいってないという顔だな、これは。

「ユフィリア女王陛下とアニスフィア王姉殿下が始めた改革は、民に快く受け入れられています。貴族たちに浸透するにはまだかかると思いますが、それも時間の問題だと考えられます。それであれば、お二人の治世が長く続くことを多くの人が望むでしょう」

まぁ、女王になってからのユフィの評判が良いものばかりだからね。それなら出来るだけ長く続いて国を安定させて欲しいというのはわかる。

「だからこそなんだよ。なるべく早く退くことを考えているのは、良くも悪くも私たちの影響力が大きすぎるから」

「影響力、ですか？」

シャルネがいまいちわからない、と言うような表情で小首を傾げた。

ナヴルくんは私が言いたいことを悟ったのか、表情が渋いものへと変わった。

「私自身、正直に言えばユフィの即位については色々と思うところがある。本来、王位を継ぐような立場ではないユフィが女王になった。国を纏《まと》めるためには必要だったけど、それが逆に歪《ゆが》みを生んでしまいかねない」

「歪み……」

「ユフィが女王になるために望んだ精霊契約は、それだけの危険性も秘めていた。ユフィはそれをよくわかってる。勿論《もちろん》、私もね」

精霊契約はパレッティア王国の開祖が成し遂げた伝説的な偉業だ。

ユフィは女王になることを認めさせるために精霊契約者となったけれど、一歩間違えれば貴族たちを更なる精霊信仰に傾倒させていた可能性がある。

精霊信仰によって特権意識が高まったことで、貴族と平民の間に溝を生んでしまった。それを解消しなければ、平民たちがいつ不満を爆発させるかわからない。もし、そんなことが起きてしまえばこの国は混乱の最中に叩《たた》き落とされることになってしまう。

更に言うなら、父上の代から王家を軽んじる貴族たちが増えていることも問題だ。

元々父上に王位を継ぐ予定がなかったというのもあるけれど、私が魔法を使えなかったり、アルくんの才能がユフィに劣ってみられたりと、父上が強権を振るうことを避けたことで侮《あなど》られていた部分はあると思う。そのせいで一部の貴族たちは信仰を優先して、王家すらも都合良く操ろうとした。

そのせいで正統な継承者であった筈のアルくんは思い悩み、王位簒奪《さんだつ》を企てた。ヴァンパイアの力で国を強制的に変えるために。

私はアルくんを止めたけれど、彼を辺境に追放せざるを得なかった。

残された私には信仰に則《のっと》った王家の象徴になる資格がない。ユフィが女王になってくれなかったら、今頃もっと酷《ひど》いことになっていただろう。

国が纏まるには欠かせなかった精霊信仰だけども、貴族たちの腐敗が進んで国は不穏な方向へと進んでいた。父上が何とかしようと食い止めていたけれど、解決にまでは至っていない。それをなんとかするのが私とユフィの課題だと思っている。

「意識の改革は絶対に必要だ。じゃないと貴族と平民の溝は埋まらないままだ。その断絶が国を衰退に向かわせる危険性がある以上、放置出来ない」

「そのためには貴族の意識を変えなければならない、と」

「まぁ、そうだね」

プリシラの答えに私は頷《うなず》く。結局、全ての問題はそこに行き着いてしまう。

長きに亘《わた》って国を守ってきた、という自負が悪い方向に向かってしまったのが今までの貴族たちだ。

それが様々な問題を引き起こしてきた根本的な原因だ。解決するためには国の在り方を壊すような劇薬でも投じなければならなかった。それが私の魔学であり、ユフィの精霊契約だった。

「ユフィの即位が決まった段階で、パレッティア王国は今までの方針を大きく変えざるを得なくなった。そうでもしないと国の問題に対応出来ないからね」

「それは良いことなんじゃないですか？」

ガッくんが首を傾げながら問いかけてくる。それに私は苦笑を浮かべてしまった。

「結果が出てからじゃないと何とも言えないかな？」

「そういうものですか……？」

「私たちが望む改革が終わった後にも、問題は起こると思う。たとえば、魔道具によって平民が台頭して、逆に魔法使いである貴族が異端だと追いやられる可能性だってある」

シャルネがギョッとした表情で私を見つめてきた。そして、誰も否定の声は上げない。その可能性を否定出来ないと思っている証《あかし》だろう。実際、そういう話を昔にしたこともあったしね。私が魔法省と関係を改善した時の話だったかな？

私とユフィが長い時を生きられるからって、いつまでも私たちが君臨している訳にもいかない。この国は今を生きる人の国だ。それなら、自分たちが進む道は自らで決めなければならない。

私たちはそのための道筋を用意して、この座を退かなければならない。そうじゃないと精霊信仰と同じ問題を繰り返しかねない。

「要は問題を解決するためにはアニス様やユフィリア様の力が必要だけれど、いつまでも二人に頼るようではダメってことでいいですか？」

ガッくんは腕を組み、小首を傾げながらそう言った。合ってはいるんだけど、その仕草が面白くて笑ってしまう。

「そういうことだね、ガッくん。言ってしまえば私たちは過剰な劇薬みたいなものなんだ。使いすぎてもよろしくないんだよ」

「劇薬ですか。言いえて妙と言いますか……」

「アニスフィア王姉殿下の力も、ユフィリア女王陛下の力も、この国を滅ぼしても余る程ですからね」

プリシラはしれっととんでもないことを真顔で言った。それに対して皆が一歩引いている。私も呆《あき》れて口元が軽く引きつってしまった。

「物騒なこと言わないでよ、プリシラ……」

「ですが、事実ではございませんか？」

私が苦言を呈しても、プリシラは表情を揺るがせることもなく淡々と続ける。

「今だって、お二方が騒乱を望んでないから現状が保たれているようなものでしょう？」

「いや、それはそうなんだがな……」

ナヴルくんが神妙な表情で言葉を漏らす。それに苦笑を浮かべてしまいそうになるけれど、表情を保ち続ける。

「アニスフィア王姉殿下は民からの支持も厚く、やろうと思えば民を味方につけて貴族を排することだって不可能ではないですし、ユフィリア女王陛下に至ってはこの国の根幹たる精霊契約という偉業を成し遂げたお方です。その力を十全に振るえば、逆らえる者がどれだけいると思いますか？」

「いや……そのだな、プリシラ？　流石に言い過ぎでは……？」

「だからこそ、アニスフィア王姉殿下とユフィリア女王陛下は早く今の地位を退き、後任に引き継ぐべきという話をしていたのでは？」

「それは、うん……間違ってはいないな……」

ナヴルくんがプリシラを掣肘《せいちゅう》しようとするけれど、相変わらずの態度に言葉を濁すことになっている。彼女は有能ではあるんだけど、尖《とが》っているというか、摑《つか》み所がないというか……。

「まぁ、私が王位に即《つ》くよりはマシではあるよね。私だと確実に国が荒れるから。表面上は穏やかだけど、切羽詰まっていた状況だったのは間違いない。私たちがやるべきことは、その危機的な状況を脱して国を安定させることだと思っているよ」

「ご立派な志かと思います」

「プリシラに褒められると、微妙に皮肉っぽく聞こえるんだよね……」

「気のせいでしょう」

「よく自分で言えるな……」

「何か仰《おっしゃ》いましたか？　ガーク様」

「いや、なんでもないっす！」

じろり、とプリシラから流し目の視線を受けて、背筋を正すガッくん。

恒例なやり取りとなりつつあるけれど、気心が知れてきたと前向きに思おう。

「アニスフィア王姉殿下もご自分で言っておられましたが、ユフィリア女王陛下が精霊契約を成し遂げたからこそ保たれているのが今の平穏です。この国を救ったのは女王陛下だと思う者がいても、それは当然のことでしょう。正に神の如《ごと》しお方です」

「プリシラさんは本当にユフィリア女王陛下を尊敬しているんですね……」

「ええ。あのお方のためならば、この身を捧《ささ》げてもいいと思っている程度には」

「重いな……」

「女性に向ける言葉ではないかと思いますが？」

「ええい、体重の話ではないということぐらい会話の流れでわかるだろうが！」

プリシラにぼやきを拾われたナヴルくんが頭が痛そうに押さえながら強めに言う。

「よろしいのですか？　私にそのような態度を取っても。私はナヴル様がユフィリア女王陛下とご学友だったという事実を妬みながら毒を吐く覚悟があるのですよ？」

「妙な脅しをやめろ……！　貴族学院の頃の話は控えてくれ……！」

「ナヴルくんにとっては黒歴史だからね……」

「一生の恥です……」

改めて思うけど、この中ではシャルネの次に若いんだよね、ナヴルくん。普段はしっかりしているからそんな気がしないだけで。

そんな話をしていると、ふとシャルネがぽつりと呟《つぶや》いた。

「学生だった頃のユフィリア女王陛下ですか。それはちょっと気になります、私は女王になってからお会いしたので……」

「言われれば、俺もそうだな」

「じゃあ、学生だった頃のユフィリア女王陛下を知ってるのはナヴル様だけですよね？」

「それでは、ナヴル様には学生時代のユフィリア女王陛下について語っていただくということで」

「待て待て！　何故《なぜ》そうなった⁉」

「シャルネが気になったというので……」

「あっ、いや、あの、ご迷惑だったら別にいいです……申し訳ありません」

シャルネが申し訳なさそうに頭を下げると、ナヴルくんが狼狽《うろた》え始めてしまった。

「い、いや、謝るようなことはない……ただ、過去の醜態を思い出してしまうので、気が進まないというだけで……」

「ほ、本当に無理はしないでいいので……！」

「だから気にしなくていいんだ。……というよりも、私からユフィリア女王陛下について語れるような話があまりなくてだな……」

「私も聞いた話でしかないけど、ユフィって交友関係が凄《すご》く希薄だったらしいからね」

「そうですね。ユフィリア女王陛下は、昔はマゼンタ公爵家の令嬢であり、次期王妃という立場にありました。その地位故に近づこうという者は多かったのですが、良くも悪くも平等に接していましたからね。特別、親しい友人というのもいなかったと思います」

「公爵令嬢として、次期王妃として、完璧であろうと心掛けていたらしいからね。だから人間味がなかったとはよく聞くよ。ナヴルくんも似たようなこと言ってたし」

「うっ、またあまり思い出したくない話が……扉が蹴破られた時の光景が時折夢に出てくるんですよ……」

ナヴルくんが何か嫌なことでも思い出したのか、頭を抱えてしまった。一体、何があったんだろうね？

「扉が蹴破られるって、一体何があったんですか？」

「ははは、それはどうでもいい話だからユフィの話に戻そうよ」

誰かな？　事情聴取と称して閉じこもっている人の扉を蹴破るような真似《まね》をしたのは。きっとろくでもないような奴《やつ》なんだろうな、忘れてしまおう。

「人間味がないですか……私の知るユフィリア女王陛下はとても優しそうな人という印象なんですけど、全然想像がつかないですね」

「俺もアニス様が大好きって常にわかりやすく雰囲気が出てる人って印象だしなぁ」

「ちょっと待って？　シャルネはともかく、ガッくんのユフィ評は聞き捨てならないんだけど？」

突然何恥ずかしいことを口走ってるんだ、ガッくんは⁉

思わずツッコミを入れると、ガッくんは何とも情けない表情を浮かべる。

「ええ……？　そんなことを言われましても……」

「公の場ではともかく、私的なところでは学生の頃と別人だと言われても不思議ではないですが……特にアニスフィア団長が絡《から》むことに関しては」

「ナヴルくんまで⁉」

「つまり、アニスフィア王姉殿下への愛情がユフィリア女王陛下を変えたということなんですね」

「う、うるさーい！　どうしてそういう纏《まと》め方をしたの、プリシラ！　絶対に悪意があるよね、それ⁉」

「しかし、ただの事実では？」

「じ、事実の認識に曲解がある！」

「では、挙手による意見の統一を図りましょう」

「やめなさい！　恥ずかしい！」

「しかし、実際にアニスフィア王姉殿下が特別なのは間違いないですよね？　身近な方々には心を開いている様子が見られますが、それ以外の相手ですとほぼ対応が変わらないですし」

「うっ……それは否定はしないけどさ……！」

私はプリシラの言葉に思わず唸《うな》ってしまう。誰も否定しないところを見るに、その評価は変わらないんだろうね……。

ユフィらしいと言えばユフィらしいんだけど、そう見られることがそもそも大丈夫なんだろうかと心配になってしまう。

そういうところは本当にグランツ公とそっくりなんだよね。良く言えば誰にであっても平等であり、悪く言えば他者に対して無関心だ。私以外に心を開いてない訳じゃないけれど、その人数は多いとは言えない。

だからユフィの交友関係については心配しているのだけど、私が言えた立場ではないんだよなぁ……。

「ユフィリア女王陛下は立場故の教育もあったかと思いますが、ご本人の気性もそう見られる理由かと」

「確かにあまり外に交流を広げるような性格はしてないと思うけど……」

「心移りする恐れがないのは、好意を向けられている身としては望ましいのではありませんか？」

「……プリシラ」

思わず脱力しそうになったけれど、眉間を揉《も》み解《ほぐ》しながら息を整える。なんでこの子は隙あらば人をからかおうとしてくるのか。

まさかと思うけど、イリアが変なことを教えたんじゃないでしょうね？

「交友関係が広ければ頼れる人も増えるかもしれないでしょ？　ユフィは何でも自分でやっちゃうようなところがあるから心配なんだよ」

「まぁ、それはそうっすね」

「今はレイニとか、ティルティとか、ハルフィスが側《そば》にいてくれるから安心は出来るんだけどねぇ……」

「どうしても利害が絡むと、素直な友人関係というのは難しいですから……」

「それもそうだけどさぁ……」

ユフィの覚えが良くなれば出世の道もあるかもしれないし、気に入らない話ではあるけれど万が一見初められるようなことがあれば、なんて夢を見ちゃう気持ちもわかる。

それだけユフィの価値というのはとても重いのだ。その重さがユフィから自由を奪っているような気がして、どうにも気が沈んでしまう。

ユフィは自ら望んで背負ったと言ってくれるけれど、だからこそ私は彼女のために何かしてあげたい。

「うぅ、一度心配になったら気になってきちゃったな……ユフィ、ちゃんとやってるかな、心配になってきたよ……」

「き、きっと大丈夫ですよ！」

気になるあまり、呻《うめ》くような声を出していると励ますようにシャルネが声をかけてくれる。その純真さに和んでしまう。

それでも、やっぱりユフィの顔は見たい。もうすぐ週の終わりの休日が来るから会いに行くことは出来るんだけど……。

「おや……？」

「ん？　プリシラ？」

ふと、何かに気付いたようにプリシラが窓の外へと視線を向けた。

そのままプリシラが窓へと近づいて開ける。すると、プリシラの側に一羽《わ》の伝書鳩《でんしょばと》が降り立った。

「伝書鳩だと？」

「これは王城からのようですね」

「えっ、王城から？」

伝書鳩で連絡が来るなんて、何かあったってことじゃないの？

思わず腰を浮かしてしまい、そのまま立ち上がってプリシラの方へと寄っていく。

その間にプリシラが伝書鳩によって運ばれた手紙に目を通していた。そして、読み終わったのか私の方へと手紙を差し出す。

「アニスフィア王姉殿下、レイニ嬢からのようです」

「レイニから？」

プリシラから告げられた名前に思わず反応してしまった。

私はすぐさまプリシラから手紙を受け取った。内容に目を通したけれど、その間に私の眉間に皺《しわ》が寄っていく。

不穏な気配を察したのか、皆が緊張していく様が手に取るようにわかってしまった。

「アニスフィア団長、レイニはなんと？」

「……ナヴルくん、ドラグス副団長に連絡を入れてきて。悪いけど、これから急ぎで王都に戻るって」

「何かあったのですか？」

「この手紙には何も。どうにも詳しくは話せないみたいだね、可能なら王城に戻ってきて欲しいとしか書いてない」

「文面から察するに、何か起きたのは間違いないですが、緊急事態ではないということでしょうか。しかし、一体何が……？」

「それを確かめるためにも王都に向かうよ！　準備を急いで！」

　私の一声で皆が表情を引き締めて、慌ただしく動き出す。それを見送って、もう一度手紙に視線を落とした。

　わざわざレイニから伝書鳩で知らせが届くなんて初めてのことだ。だからこそ、不安がじわじわと湧いてきてしまう。

「あまり良くないことじゃないと良《い》いんだけど……」

＊＊＊

　ドラグス副団長に王都に向かうことを伝えた後、私たちはすぐさま王都へと向かった。

　エアバイクで王城に着くと、警備に当たっていた騎士がすぐさま駆け寄ってくる。

「アニスフィア団長⁉　突然どうされましたか⁉」

「ちょっと急な用事があってね。ユフィとレイニはどこにいるのか知ってる？」

「ユフィリア女王陛下ですか？　本日は離宮でお休みになられている筈《はず》ですが……」

「ユフィが？　休日じゃないのに休みを？」

　あのユフィが平日に休みを取っているなんて、それはもうおかしさが満点だ。

　不安が更に増して、声がいつもより低くなってしまう。そのせいで騎士が萎縮してしまい、肩を縮めていた。

　これじゃあダメだ、ちょっと落ち着かないと……。

「ごめんね、ちょっと気が立ってて」

「は、はい……」

「教えてくれてありがとう。私は離宮に向かうから、エアバイクをお願い」

「畏《かしこ》まりました！」

騎士たちにエアバイクを預けた後、私は早足で離宮へと向かう。一緒にきたナヴルくんたちも横に並ぶように付いてきてくれる。

「ユフィが休日じゃないのに休んでるなんて、本当に何かあったみたいだ」

「それで判断されるのもどうかと思いますが、ユフィリア女王陛下だと思えば納得してしまいますね……」

「休日でも働いていてもおかしくない印象があるからなぁ……」

ナヴルくんとガッくんがそんな風にぼやいていると、一歩後ろを歩いていたプリシラから厳しい声が向けられた。

「そんなことを言っている場合ですか。早く参りましょう、アニスフィア王姉殿下」

「ブレませんね、プリシラさん……」

「……逆に和むような気さえしてきたよ」

シャルネは感心しているのか、呆《あき》れているのか、息を吐きながら言葉を漏らす。

それに少しだけ肩の力が抜けた。レイニが戻ってこれるなら、と言ったのであれば緊急事態ではないということだ。焦《あせ》る理由はない、落ち着いて行こう。

気持ちを宥《なだ》めながら離宮に着くと、私に気付いたメイドが驚きの表情を浮かべながらこちらへと寄ってきた。

「アニスフィア王姉殿下⁉　お戻りになられたのですか⁉」

「ただいま、急に戻ってきてごめんね。ユフィが離宮で休んでるって聞いたんだけど、どこで休んでいるのかな？」

「ユフィリア女王陛下でしたら、私室にいらっしゃいます」

「そっか、ありがとう。すぐに向かうよ」

「えっ、あっ、アニスフィア王姉殿下⁉」

メイドの返事も待たず、私はすぐさまユフィの私室へと向かう。

部屋へと辿《たど》り着いてノックをすると、中からユフィの声が聞こえてきた。

「どうぞ」

「ユフィ、入るよ！」

「……アニス？」

ユフィが呆気《あっけ》に取られたような声を漏らしている間に、私は勢いよく扉を開く。

部屋の中でユフィは読書をしているようだった。とてもくつろいだ姿をしているので、拍子抜けしつつも安堵《あんど》の息を吐《つ》いてしまう。

良かった、体調を崩したとかそういう訳ではなさそうだ。

でも、じゃあ何でレイニは私に知らせを送ってきたんだろう……？

そんなことを考えていると、私の登場で驚いていたユフィが手に持っていた本を置いて私の方へと寄ってきた。

「アニス、どうしたんですか？　今日は休日ではない筈ですが……」

「いや、それはこっちの台詞《せりふ》だよ。今日の政務はどうしたの？　どうして、その、まったりとしてるの？」

私がそう問いかけると、一瞬ユフィの目が泳いだ。

すぐに表情を取り繕ったけれど、その一瞬の変化を私は見逃さなかった。

こういった反応をするのは、ユフィが何か隠し事をしたかったり、誤魔化したかったりする時だ。

やっぱり何かあったみたいだ。しかも、ユフィはちゃんと説明する気がなさそうだ。

「今日はたまたま時間があったので、息抜きをですね……」

「……ユフィ？」

「……」

「ユフィさん？」

問い詰めるように問いかけると、ユフィも誤魔化せなかったことを悟ったようだった。

今度はしっかりと目を逸《そ》らして、私と目を合わせようとしない。

「なんで目を合わせないのかな？　ユフィさん」

「いえ、特に理由はありませんが……」

「じゃあ、目を合わせてくれてもいいよね？」

「あ、何か窓の外に見えますね。ほら、アニス、あれは何でしょうか？」

「ユフィ？」

「……」

「何か変だよね？」

「いや、その、これはですね……」

ユフィは下手な誤魔化しも交えながら、なんとか話を逸らそうとする。

そんな彼女をジッと見つめていると、部屋に新たな人物が乱入してきた。

「アニス様、お戻りになられましたか」

「レイニ！」

後ろに控えていたナヴルくんたちが道を空けて、レイニが姿を見せる。

そのレイニの姿を見た瞬間、ユフィは何かに気付いたようにハッとして苦々しい表情を浮かべた。

「……レイニ、まさかアニスに」

「一報を入れるに決まってるじゃないですか。まさか、隠し通せると思ってるんですか？　どうせ後で怒られるんですから、諦めてください」

「……」

レイニにぴしゃりと言われて、ユフィは小さく縮こまるように黙り込んでしまった。

ユフィの様子もおかしいけれど、レイニの様子もなんだかおかしい。妙にピリピリしているというか、怒ってる……？　ユフィに対して怒っているようにも見えるけれど、何だかそれだけじゃないような……。

この疑問を解消するべく、私はレイニへと声をかけた。

「レイニ、これは一体どういう状況なの？　今日の政務は大丈夫なの？」

「政務につきましてはオルファンス先王陛下とシルフィーヌ王太后殿下が代行してくださってますので、そちらは問題ありません。この状況についてですが、現在ユフィリア様は療養中です」

「療養⁉」

思わぬ言葉が出てきて、私は声を荒らげてしまう。

すると、ユフィが気弱げな表情のままレイニへと声をかける。その様がどこか慌てているように見えた。

「レイニ、何度も言っていますが体調そのものに問題はないんです」

「確かに顔色が悪いようには見えませんが……」

「普通に健康そうですよね？」

「私から見ても、特に体調を崩しているようには見えませんね？」

ユフィが問題がないことをアピールしていると、ナヴルくんたちもそうは見えないことを呟《つぶや》いている。

そんな中でプリシラだけが無言でユフィを見つめているのが印象的だった。

ちなみにユフィの弁明を聞いたレイニは、呆れたと言わんばかりに深く溜息《ためいき》を吐いてから彼女を睨《にら》んだ。

「体調だけで言えばユフィリア様は確かに健康体です。ですが、ただそれだけです」

「どういうこと？」

「……ユフィリア様は、もう数日間も寝てないんですよ」

「は？」

思わず声が低くなってしまった。しん、と。その場が一気に静まりかえる。一瞬、音がなくなってしまったのかと思ってしまう程だった。逆に思考がクリアになっていき、周囲の状況が手に取るように感じられるようになってしまった。

だからこそ、私に視線が集まっていることは自覚出来た。そうなってしまうのも無理はないかもしれない。

だって今、私は心の底から怒り出しそうになっていたからだ。

「……ユフィ？」

「……身体《からだ》に問題はありませんよ？」

「眠れてなくて、何がどう問題がないのか言ってみなさい？」

出来る限り声が優しくなるように問いかけたけれど、ユフィはびくりと震えてしまっている。いけない、別に脅したい訳じゃないんだけれど、何かが漏れ出てるみたいだ。

私は自分を落ち着かせるために黙り、ユフィは何も言わない。そんな沈黙に耐えられなかったのか、代表するようにナヴルくんが口を開いた。

「待ってくれ、レイニ。ユフィリア女王陛下が数日間寝ていないというのは、そのままの意味なのか？」

「はい、ナヴル様」

「それにしては健康そうに見えるが……一体どういうことだ？」

「それは、ユフィリア様が精霊契約者であるせいです」

「精霊契約者だから、というのは？」

「端的に言えば、今のユフィリア様には人間として振る舞える程の余裕がありません」

レイニは感情を殺したような淡々とした声で告げる。それにナヴルくんたちは絶句したような反応をそれぞれ零《こぼ》していた。

「そ、それは一体どういう……？」

「精霊契約者にとって、食事も睡眠も意識していなければ必要なものではないからです。なので余裕がなくなると、人間として振る舞うことすらも出来なくなります。現在は全く眠らず、食欲もなくなっています。周囲を誤魔化すために無理に食べて貰《もら》っていますが、それだって小鳥の餌程度の量です」

「それは、何という……精霊契約者とは、そういうものなのか……」

衝撃が抜けきらない、と言った様子でナヴルくんが呟き、額を手で押さえた。

精霊契約者であることは公表されているけれど、実際にどのような弊害が出てくるのかなどは身近な人間でもなければ知り得ることではない。ましてや、その感覚を理解するということさえ出来ないだろう。

実際、側《そば》にいたって私がユフィの感覚を理解することは出来ていない。それが今、どうしようもなく歯痒《はがゆ》い。

「……どういうこと？　何があったの？」

「……」

「ユフィ」

「……少々、疲れが溜《た》まっただけです」

「ええ、心労が溜まるような面倒ごとが降りかかっただけです。このような状態ですので、アニス様に早めに戻って頂ければと思いまして。この判断にはティルティ様に確認も頂いております」

「そっか、ティルティには後でお礼を伝えておくよ」

頼りになる悪友の顔を思い浮かべつつ、私はそっと息を吐く。さて、どうやって頑固者になってしまったユフィの口を割らせようか。

ユフィの顔をじっと見るけれど、絶妙に視線を逸らされる。

「それで？　このままだんまりを決め込むつもり？」

「……申し訳ありません」

「謝って欲しいんじゃないんだよ。……本当に大丈夫？」

「……大丈夫じゃないです」

ここに来て漸《ようや》く、ユフィが素の感情を零した。固い殻が割れて、中身が出てくるような様を見た私は皆へと声をかけた。

「ごめん、皆。二人にして貰って良いかな？」

「畏《かしこ》まりました」

真っ先にレイニがそう返事をして、皆に退室を促しながら去って行く。

部屋に残されたのは私とユフィだけ。二人だけになった瞬間、ユフィがおずおずと手を伸ばしてきて、腫れ物に触るかのように私の手を握った。

握り返しながら、もう片方の手でユフィの身体を引き寄せるように抱きしめる。するとユフィが肩口に頭を預けるようにして身を寄せてきた。

「……ごめんなさい、アニス」

「いいよ。よしよし、本格的に何かあったんだね？　甘えた後でもいいから聞かせて」

「ただ、自分が不甲斐《ふがい》なくなっただけです……」

「不甲斐ないって、ユフィは頑張ってるよ。その上で何か問題が起きたんでしょう？」

「問題という程のことでは……いえ、個人的にはかなり精神に来ていますが」

「何があったの？」

私が問いかけると、ユフィは一瞬だけ小さく震えた。その震えが止まってから、そっと口を開く。

「……感情の制御が、少し出来なくて。それで失敗してしまいました」

「失敗……？」

「……危うく、人を殺しかけました」

思わず息を呑《の》んだ。ユフィが人を殺しかけた、という事実に驚きを隠せない。

ユフィが明確に殺意を持ったのは、私はライラナぐらいしか知らない。それだけユフィは他者に対して殺意を向けるような子ではないことを知っている。

それなのに、そんなユフィが自分で後悔する程までに明確な殺意を誰かに向けたというのが信じられなかった。

「本当に何があったの？　ユフィが感情の制御が出来なくて人を殺しかけたって、とんでもないことだよ」

「そう言って頂けるのは、本当に光栄ですが……」

ユフィの声はとことん落ち込んでいた。最近はここまで弱った彼女を見ることがなかっただけに歯痒さが募ってしまう。

「ユフィのことだから凄《すご》い気にしていると思うけど……一体、何があって人を殺しかけるなんてことに？　余程、頭に来ることでも言われた？」

「……怒らないで聞いてくださいね？」

「あっ、私関係か……」

「……察しますよね」

「いや、うん。なんか納得しちゃったよね」

抱き合っていた身体を離して、私たちは顔を見合わせて苦笑してしまった。

何とも気恥ずかしい。けれど、これで少しユフィの緊張が解《ほぐ》れて元気が戻ってきたようだった。

ここまで大事に思われているのを自覚するのは恥ずかしいけれど、それよりもユフィが優先だ。

「それで？　私にどんなことを言っていたの？」

「会合の最中だったのですが、その場で直訴を受けたのです」

「直訴？　それは……何というか、随分な話だね」

どういった状況でユフィに直訴するという話になったのかは知らないけど、政治に疎《うと》い私にだって中々驚くような振る舞いなのは間違いない。

会合となれば他の貴族の目もあるし、その訴えがとんでもないものであれば波紋を呼ぶことは間違いない。その貴族は何を思って直訴しようなんて思ったんだろう？

「その貴族ってどんな人だったの？」

「若い方だったのですが、アニスの功績に疑惑があると訴えたのです」

「私の功績に？　それって魔学とか魔道具についてってこと？　魔学都市について何か言われたとか？」

「……いいえ、そちらではありません」

私に問われて、ユフィは一度押し黙ってしまった。

一度大きく深呼吸をしたのは、思い出したことでまた感情が高ぶりそうになったからなのだろう。

その感情のうねりを押さえ込んだ後、ユフィはゆっくりと否定した。

「そっちじゃない？　えっ、じゃあ私の功績って何だ……？」

私が首を傾《かし》げていると、ユフィは呆《あき》れたような表情で私を見た。

ええ？　なんで……？

「どうして思い当たらないんですか……？　ドラゴンの討伐ですよ」

「えっ、それ⁉　今更というか、そっか、あれは一応、私の功績扱いか……」

私にとってはドラゴンの魔石を手に入れたということが重要なので忘れがちだけど、世間的にあの功績は、私がユフィと一緒にドラゴンを討伐することで婚約破棄の風評を打ち消すために美談に仕立てたものだ。

だから私個人の功績というより、私とユフィの功績であるとは思うんだけど、それが疑われた？　まったくの予想外のことを言われて、私は逆に戸惑ってしまった。

ドラゴンを討伐したのなんて、もう何年も前の話だ。その話を今更蒸し返すって、何が狙いだったのかがわからない。

「一体、どういう流れでそんな話になったの？」

「……ドラゴン討伐は、実は全部私が成し遂げたのではないかと言われました」

「それ、本気で言われたの？」

「……はい」

私は思わずと呻《うめ》き声を零してしまった。一体、何をどう考えればそんな結論に行き着くんだろう？

「えっと、つまりドラゴンは私が倒したんじゃなくて、実は全部ユフィがやったんじゃないかってこと？」

「その通りです。私がアニスにドラゴン討伐の功績を譲って、アニスの地位を上げようとしたんじゃないかと、その貴族は疑っていました」

呆れて溜息《ためいき》が出てしまう。意図は理解出来たけれども、それだったらもう少しやりようがあったんじゃないかと思ってしまう。

当時の私の評判を考えれば、何やら奇っ怪な道具を研究・開発しているだけの変人だ。

それがドラゴンを倒しただなんて言われても、確かに信じないかもしれない。

国を脅《おびや》かす程の脅威を、魔法を使えない私が討伐出来る筈《はず》なんかないと言われればそう考えるのは理解出来る。

でも、それにしたって言いがかりに近い。ドラゴンの討伐はユフィ以外も目撃者がいるし、王家が功績として公表したことだ。それを踏まえての提言だったんだろうか？

言いがかりをつけるのは自由だけど、不敬罪に問われてもおかしくない。そんなリスクがある。なんでそんな疑惑を今になって持ち出すのかがわからない。

「……それを聞いた瞬間、目の前が真っ赤になって我を忘れそうになりました」

「……ユフィ」

「――どうして、私は貴方《あなた》を侮《あなど》って虐《しいた》げる国なんか守ってるのだろう、と」

そう、思ってしまったんです。

ぽつりと、力なくユフィはそう呟《つぶや》くのだった。

1章　不協和音の激情

――話の発端は、アニスが王都にやってくる数日前まで遡ります。

「ユフィリア様、そろそろお時間です」

「もうそんな時間ですか。ありがとう、レイニ」

王城の執務室で、私はレイニに声をかけられて顔を上げました。

身内での会議の時間まで政務を進めるつもりでいましたが、集中しすぎていたようです。

レイニが声をかけてくれなければうっかり忘れていたかもしれません。

そんな心の内を読まれたのか、レイニは呆れたように溜息《つ》を吐きました。

「集中されるのはよろしいですが、少しは休みも入れてくださいね」

「ええ、わかっています」

「わかっているなら良いのですけど……」

そう言いながらレイニはジットリと私を見つめてきます。私は逃れるように視線を逸《そ》らしました。

熱中しすぎてしまうと時間を忘れる癖についてては何度も注意されているのですが、ついつい忘れてしまうんですよね……。

「まったく！　そういうところは本当にアニス様とそっくりだとイリア様も言っていましたよ！」

「以後、気をつけますから……」

「アニス様も返事だけはいいと言っていましたね……」

「さぁ、レイニ。時間が迫っているので急ぎましょうか」

このまま話を続けていては不利だと思い、私は机の上を片付け始めました。暫《しばら》くレイニが何か言いたげに見つめてきましたが、諦めたように溜息を吐いています。

机の上を片付け終わると、計ったかのように執務室の扉がノックされました。

レイニが扉を開けに行くと、姿を見せたのはラング、マリオン、ミゲルの三人です。

「失礼致します、ユフィリア女王陛下」

「皆、よく集まってくれました。席についてください」

挨拶もそこそこにして、三人が執務室にある来客用のソファーに腰かけました。

三人が座ったのを確認し私も対面の席に腰かけて向き直ります。この三人は私にとって信頼が置ける相手であり、定期的に相談を持ちかけていました。

「それでは早速、本日の定例会議を始めたいと思います。まずラング、魔法省の近況はどうですか？」

「恙《つつが》なく業務に当たらせて頂いております。アニスフィア王姉殿下に導入して頂いた念盤が普及したことで作業効率が上がり、資料の再編、管理体制の整備が整いました。今では人手の余剰も出てきております。後で報告書も上げますが、業務の手を広げようと考えています」

「具体的にはどのようなことを？」

「アニスフィア王姉殿下の提案で、魔法省は魔学都市に人材を送るために貴族ならぬ魔法使いたちの教育を担当致しました。この経験を基に、今後も人材発掘を継続していくために制度として整備しておきたいのです。そのための人材を引き続き選定し、教育したいと考えています」

「そうですね、それは良い考えだと思います。魔学都市の建築速度は予定よりも順調に進んでいます。これを応用して、まだまだ開拓が行き届いていない領地に手を入れるいい機会にもなるかもしれません。報告書が上がってきた際には目を通させていただきます」

「はい。それから私は将来的に魔法省の一部を独立させるべきだと考えております」

「魔法省から独立ですか？」

「はい。魔法省の中にも魔学や魔道具に関心を示す者が増えてきております。今後、更に魔学を学びたいと思う者は増えていくでしょう。魔学研究室も設立されましたし、今後の動きに対応するための組織を立ち上げた方が良いと考えました。それならば魔法省から意欲のある者を中心に独立させるのが良いかと考えた次第です」

ラングの提案に、私は思わず微笑が零《こぼ》れてしまいました。

かつてアニスと因縁があった魔法省が変わり始めているという事実が嬉《うれ》しいのです。

私たちの努力が形になってきているのですから、自然と頰が緩みます。

「それはありがたい提案ですね。私もそうしたいとは考えていましたが、魔法省から言い出してくれるのであれば心強いです」

「ええ。丁度、アニスフィア王姉殿下に次ぐ魔学の権威と婚姻した当事者がおりますので、適任だと思っています」

ラングがそのように言うと、マリオンが思いっきり眉間に皺《しわ》を寄せました。

「ラング……君までからかってくるのか？」

「何のことだかわかりかねるな、マリオン」

楽しげに笑うラングに、マリオンは顔を赤くして怒ったような表情になっています。

ハルフィスの友人である私としても、その反応は好ましく思います。

ただ、若干の申し訳なさも感じています。ハルフィスは私やアニスと距離が近いため、どうしても政略的に狙われるようになってしまいました。ハルフィスとマリオンの結婚が急であったのも、二人が引き離されないようにするために必要な措置です。

私のせいで結果的に結婚を急かすことになってしまいましたが、どうか末永く幸せでいて欲しいと思います。

「魔法省の近況は良好で何よりです。では、次の議題を取り上げましょうか」

「それじゃあ、アニスフィア王姉殿下の魔学都市の噂《うわさ》について報告しまーす」

真っ先に口を開いたのはミゲルでした。相変わらず感情が読み取りづらい軽薄な態度であり、隣に座っているラングの眉間の皺がより濃くなっています。

すっかり見慣れたやり取りに小さく笑いつつ、私は話を進めました。

「ではミゲル、どのような噂がされているか把握はしていますか？」

「まず民たちの反応ですが、少しずつ生活用品用の魔道具が民の間にも広まりつつあるので期待が高まっているという感じですね。目敏《めざと》い商会などは今から魔学都市の利権に食い込めないかと、懇意にしている貴族のツテを通じて画策しているようです」

「私の元にもそういった貴族が来ていましたね。アニスに直接交渉をしようとする者たちがいたら厄介です。貴族の動向には注意を払ってください」

「はいはい、それはもちろん俺の仕事ですからね」

ミゲルの実家であるグラファイト家はこの国の暗部を取り纏《まと》めている家であり、彼等《かれら》の本来の姿を知る者は限りなく少ないです。

そんな彼から齎《もたら》される情報というのは決して無視することが出来ない有用なものばかり。改めて、本当に味方になってくれて良かったと思います。

「続いて貴族についてですけど、明暗は様々ですね。王家に対して友好的になった東部からの反応はいいです」

「それは朗報ですね」

「精霊石を確保するための開拓地を支援したのが決定的ですし、冒険者として活動していたアニスフィア王姉殿下の評判も残っています。それにシルフィーヌ王太后殿下が東部出身だというのも要因としてあるでしょうね」

「成る程。そちらが明るいということは、陰りが出ているのは……」

「西部の貴族ですね」

パレッティア王国の貴族の勢力は、大きく分けると三つになります。

まずは中央。この中央には北部と南部も含まれていますが、勢力としては小さい北部と南部が中央に追従しているので一纏めにされています。

次に東部。古くから王国の領土を広げるため、開拓に尽力してきた勢力ですが、義父上《ちちうえ》が即位する前に起きたクーデターに加担していました。

クーデターが終結した後は改革の手が入れられ、世代交代などが行われたために比較的若い世代が多いと言われています。

それ故の苦労も多く、私が精霊資源を得るために行った開拓支援を諸手《もろて》を挙げて支持してくれました。

元々お父様との縁も強いので、潜在的に私とアニスの味方が多いです。

最後に、西部。勢力としては中央に匹敵するほどの大きさを誇り、王家であっても無視することは出来ません。

代々国境線を守り、国防の要としての役割を担《にな》ってきました。それ故に誇り高い一面があるのですが……。

「ユフィリア女王陛下が即位するまで貴族の腐敗が進んでいた訳ですが、腐敗の要因となる物の多くは西部が発信源であると断言していいでしょう」

「他国から輸入された禁制品ですね……」

私が確認するように問いかけると、ミゲルは大きく頷《うなず》きました。それにラングとマリオンが表情を険しいものへと変えました。

「まだ違法とは言い切れない高級品はともかく、パレッティア王国では所有が禁じられている奴隷や珍獣は問題がありますね」

「まったく、嘆かわしい……貴族としてあるまじき醜態だ」

ラングはぽつりと、吐き捨てるように言いました。

パレッティア王国では奴隷の所有が禁じられていますが、これには王国の歴史が深く関わってきます。

建国の祖である初代国王は、パレッティア王国から見て西側の国々から追われるようにしてこの地に辿《たど》り着いた流浪《るろう》の民出身です。虐《しいた》げられた者たちが自分たちの居場所を得るために作り上げられたのがこの国です。その歴史があるため、王国では奴隷の存在を認めておらず、個人での所有は厳罰に処されます。

珍獣に関しては、万が一所有者の手から離れて野生化した場合、魔物に転ずる可能性を秘めています。そうなった時の生態系への影響や、または帰巣《きそう》本能によって元の生息地である土地を目指されても問題になってしまいます。

それ故に他国から輸入される動物には厳しい制限が課せられている筈《はず》なのですが、それが西部の貴族の間では高価なペットとして密《ひそ》かに流行しているらしい、というのがミゲルの話でした。

「西部出身の貴族としては、この調査結果を知ってしまうと複雑な心境にさせられてしまいますね……」

ぽつりと苦渋を滲《にじ》ませた表情でマリオンが小さく呟《つぶや》きました。そんな彼に対してラングが励ますように口を開きました。

「西部出身と言えど、アンティ伯爵家は魔法省に入ってからは中央勢力に属しているのだろう？　それに西部については致し方ない一面も存在する。西部は国境の守りの要だが、同時に他国との窓口でもある。異文化に触れる機会が多く、毒されてしまうのも理解が出来なくはない。そこを自制してこそ、貴族であると私は思うが……」

「ラングはそう言うがね、自分の利益のためバレないように違法ギリギリのことをしている貴族は多いぞ。いちいち裁いてたら手が回らなくなるから、証拠だけ摑《つか》んでおくのがいいのさ」

「……一体どれだけ貴族の弱みを握っているというのだ、グラファイト侯爵家は」

「それは秘密だ。それが表になるのは、ウチが滅ぼされた時だろうよ」

ミゲルは不敵な笑みを浮かべますが、同時に凄《すご》みも感じます。

暗部を担うグラファイト侯爵家、その次期後継者として彼にも背負うものがあるのだと感じさせられます。

だから、なんとなく私は彼のことが気に入っているのでしょうね。大きな責任を背負う者として。性格に関してはまったくソリが合わないと思いますが。

「ともあれ、西部はオルファンス先王陛下の代より前から中央と距離を取っていたからな。実態が把握しきれていない、というのは仕方ないことだ」

「クーデターが起きた際にも、西部は国防を理由に義父上への助力は最低限だったと聞いています」

「悪く言えば西部は風見鶏《かざみどり》ってことですね。あくまで自分たちの都合が優先ですよ、賢いとは思いますが」

「勢力としては大きい以上、無視は出来ません。私もここ数年で中央や東部の支持を集めてきましたが、西部は未《いま》だに私の様子を窺《うかが》っている貴族が多いと感じます」

「そりゃユフィリア女王陛下の一声で自分の処遇が決まってしまうんだから、あちらさんも慎重になりますって」

「……精霊契約者の肩書きは重いものですね」

王国を築いた初代国王と同じ偉業、魔法使いとしての極致、それを成し遂げた者。

私にとってはアニスの力になるための手段でしかなくて、それを最早《もはや》尊いものだと思えなくなってしまっていますが。

それに、それだけの力を以《もっ》てしても絶対ではない敵とも出会いました。だからこそ、今のままではいけないとは思うのです。

そのためにも、やはりアニスによって齎された魔学と魔道具を発展させていくのが正しい道の筈です。

「幸いと言っていいかわかりませんが、西部でのアニスフィア王姉殿下の評判は悪いものじゃありませんよ。好意的というよりは打算が強いですが。あそこは商いが活発なので、魔道具が流通するかもと思えば商人たちが黙っていないでしょう」

「魔道具の国外の輸出は厳しく取り締まらなければいけないでしょうね」

「そうですね。魔道具に使用されている精霊石を悪用されるのも、魔道具そのものを悪用されるようなことも、他国に要らぬ警戒をされてしまうでしょうから」

パレッティア王国では生活の補助として使用されている精霊石ですが、他国では武器として使われているという話も聞きます。それを思えば、魔道具の扱いについても慎重にならなければならないでしょう。

「先の話ではありますが、今から備えて流通の仕組みを作っておくのはいいと思いますよ。商会の評判を調べるのに心当たりがあるんで、情報を探っておきます」

「お願いします、ミゲル」

「いえいえ、我らが女王陛下の勅命であれば喜んで使命を果たしますとも！」

「……ごほん。現状ですが、西部が不穏なことを除けば細かな問題ばかりです。こちらは時間がかかりますが、解決の目処《めど》も立っています。ユフィリア女王陛下が即位してからというもの、我が国の治政は安定していると言っても過言ではないでしょう」

ミゲルの軽薄な態度を誤魔化すようにラングがそう告げました。私は鷹揚《おうよう》に頷きつつ、息を吐くように言いました。

「安定して貰《もら》わなければ困ります。そのための精霊契約なのですから」

「……しかし、その功績でユフィリア女王陛下への関心が高まりすぎている、という欠点がありますね」

「あぁ……そういえばそうでしたね」

マリオンの呟きに、私は思わず疲労感が籠もった溜息《ためいき》を吐《つ》いてしまいました。

精霊契約者は畏れられるだけではなく、興味の対象や、信仰の象徴になってしまうのでしょう。正直、煩わしいというのが本音ですが……。

「やはり、精霊契約については気になるものなのですか？」

「そりゃ気にならない筈がないですよ。俺は信仰心に篤《あつ》い方ではないですけど、それでも契約者となったユフィリア女王陛下に逆らおうなんて気にはならない程度には」

「国の象徴ですからね。どうしても畏敬の念を感じずにはいられません」

ミゲルとマリオンの言葉に、私はそっと息を吐きます。どちらの反応も理解が出来ます。それだけ精霊契約という偉業が貴族たちの中に根付いているという証《あかし》でしょう。

「精霊契約も気になりますが、それよりもユフィリア女王陛下の威光に目が眩《くら》んで良からぬ野心に火がつきそうな者がいることが懸念《けねん》されますでしょうか。先のシャルトルーズ伯爵の事件を忘れてしまったのかと言いたくなりますが……」

「愚かなことだ。……と、言えるのも我々がユフィリア女王陛下と直《じか》に話すことが出来るからなのだろうがな」

「信用の置けぬ者を側《そば》に置くことは出来ません。……その点ではマゼンタ公爵ですら完全な味方とは言えませんからね」

お父様の名前が出てきて、つい苦笑を浮かべてしまいました。

家から絶縁されている私に対して、父上はあくまで臣下として尽くしています。それ故に意見がぶつかることも多く、周囲からは良好な関係には見られていないでしょう。

それでも私はお父様を尊敬し、尊重しています。お父様も同じように私のことを思ってくれていると感じられます。だから私たちの関係は今のままがいいのです。

そんなことを考えていると、ミゲルが問いかけてきました。

「ユフィリア女王陛下は実際、マゼンタ公爵とは仲違《なかたが》いしてるんです？」

「おい、ミゲル！」

「構いませんよ、ラング。仲違いしたとは思っていませんが、互いに線は引いています。父上は私を支持している訳ではなく、国を守るために必要な義務を果たしているだけですので、その点は信じていますが」

「ふぅん。まぁ、それならいいですけど。本当に親子だけあって似てますね」

「いえ、そんなことはまったくありませんが？」

「やけに早口で否定するじゃないですか……」

ミゲルったら、おかしなことを仰《おっしゃ》いますね。私がお父様に似てるだなんて、そんなことはありません。ええ、本当に。

よくアニスも口にされますが、私がお父様のようだと思われることはとても心外です。

そう思っていると、何故《なぜ》か不穏の気配を感じ取ったかのようにラングが話を切り替えようとしました。

「しかし、西部が王家に心から恭順していないというのは昔からの姿勢だが、女王陛下への支持が増えている中で孤立するような状況を招くのは賢い選択だとは思えない。一体、何を考えているのやら……」

「それに関しては正直、いまいちわからん。西部は内部事情が複雑なんだよな。国防を担《にな》っている頭が固い貴族と、商売人と縁が強くて商機の気配に敏感で下心満載な貴族の勢力が釣り合って成り立っている状態だ」

「そのどちらかが主導権を握っている訳ではないのですね？」

「どちらもお互いの急所を握り合ってるような関係なのでね、持ちつ持たれつの関係でやっていかないと立ち行かないんですよ。それだけに勢力としての結びつきは強いですが、勢力内で意思統一するのに時間がかかるので即決の動きは難しい」

私なりに調べた限りでも、西部にはそういった性質《たち》があるように思えました。ミゲルからも同じ意見が出たということは、情報の精度は高いのでしょう。

明確に敵対はしていませんが、かといって完全な味方とも言えない。当然の話ではありますが、ふと時折アニスの顔を思い出してしまいます。

私にとって完全な味方と言える人は限りなく少なくて、その中でも絶対に裏切ることはない人。

時折、どうしようもなく会いたくなります。離れる機会が増えてしまって、その気持ちは強くなるばかりです。

「まぁ、西部は気長に相手をしていくしかないですよ」

「そうですね。すぐに解決しなければいけない大きな問題には大凡《おおよそ》手を入れられたので、ここからは細部を詰めていくことになる筈《はず》です」

「まぁ、全部の改革をやり遂げるのに十年じゃ足りないぐらいでしょうけどね。進めていく間に問題は増えていくでしょうし」

先は長い。ミゲルの言葉に自然と溜息が出てしまいます。私の生涯において、そう長いとは言えない時間にはなるでしょう。

それでも気が重くなってしまうのは、地位の重さがそうさせるのでしょうか。

「……問題と言えば、ユフィリア女王陛下。直接聞くのは憚《はばか》られていたのですが、お聞きしてもよろしいでしょうか？」

「何でしょう、ラング」

「貴方様《あなたさま》は結婚……いえ、世継ぎをもうけるつもりはないと思ってよいのでしょうか？」

ラングの問いかけに、マリオンが驚いたように目を見開いて彼へと視線を向けます。

ミゲルはいつもの微笑ですが、目に鋭い光が宿ったように見えました。

一方で、私はその問いかけを落ち着いた気持ちで受け止めることが出来ていました。

ラングはずっと問いたかったのだと思います。その気配はなんとなく感じていました。

それでも、今日までなかなか問いかけてくることはありませんでした。

そこには彼なりの葛藤があったのだと察します。

「ラング、私は国の在り方を変えるつもりです。私は精霊契約へと至りましたが、だからこそ魔法の万能性というものを信じていません」

「ユフィリア女王陛下ほどの魔法使いであっても、ですか？」

「はい」

魔法はあくまで力であり、手段でしかない。以前からそのようには思っていましたが、よりその思いが強くなったのはライラナに敗北を喫してからです。

ライラナが精霊契約者にとって天敵と言う程に相性が悪かったのもありますが、そこに彼女の才能と、ヴァンパイアという種に受け継がれた執念と言うべきものがあったからこそです。

私自身、研鑽《けんさん》を怠ったつもりはありませんが、生涯を尽くして力を磨いてきたヴァンパイアに敗北してしまった事実は受け入れなければなりません。

どれだけ強大な力を振るうことが出来ても、力を扱う者が探究を続けなくてはダメなのだと彼女は私に教えてくれました。

正直、今でも夢に魘《うな》されることがある相手ですが、同時に忘れてはならない教訓を与えてくれたとも思っています。ええ、本当に色々と苦い教訓ばかりですが……。

「ですが、私の考えがまた絶対に正しいとは思えません。もし他の誰かが従来の在り方を引き継ぎ、それが民の幸福にも繋《つな》がると望むなら私は身を引きます。そこに私の居場所はないでしょうしね」

「そうですか……」

「もしも誰かが王位を継ぐのだとしても、それは私の子ではないでしょう。私の血はこの国に残すべきものではないと考えています」

ラングは私の返答に何も言わず、唇を引き締めて何かを考え込んでいるようでした。

そんな彼とは対照的に、ミゲルは明るい表情で手を打ちます。

「それが我らが女王陛下のご意向ならば。それじゃあ、なんとか隙あらばって息を潜めてる貴族たちには警戒しておかないといけないな。ユフィリア女王陛下を狙ってる奴《やつ》もいれば、アニスフィア王姉殿下を狙っているのもいるからな」

「……それは私も把握しておくべきか、悩ましい話ですね」

あれだけアニスのことを否定し、虐《しいた》げておいて自分たちの権力を得るために利用しようとするのは腹立たしい限りです。

個人的な感情で罰するなど、女王としては問題でしかないでしょう。それでもこの憤《いきどお》りはそう簡単に静めることが出来ません。

せめて利用しようと思うなら、もっと早く動けば良かったのです。だからといって、他の誰かにアニスが救われるというのも複雑な気分にされますが。

「おぉ、怖い怖い。物騒な気配が出てますよ？　ユフィリア女王陛下」

「……失礼しました。つい、感情が表に出てしまったようですね」

「まぁ、この問題は何を今更感がありますからねぇ」

「離宮の追加人員についてもかなり紛糾していたしな……」

「酷《ひど》かったぜ、ありゃもう。まぁ、逆に選定に落ちるような奴等《ら》を事前に弾《はじ》くことが出来たのは良かったんでしょうがね」

ミゲルはケラケラと笑っていますが、その目はやはり笑っていません。

それだけ裏で色々とあったということなのでしょうが、私としても手を抜くつもりはないので、そこには触れません。

「今更アニスに近づこうなんて、本当に今更ですね」

「まぁ、今まで冷遇したので掌《てのひら》を返したように思われるのも無理はないですよ」

「それについては私も耳が痛いですが……」

「気にしたところで仕方ないことだ」

ラングが何とも言えない複雑そうな表情で呟《つぶや》きました。

ミゲルはそんなラングを慰めるように肩を強めに叩《たた》きます。ラングは迷惑そうにミゲルを睨《にら》んでいましたが、文句は言いません。

「それでもラングはアニスと真っ向から向き合ってくれました。私が問題視しているのはアニスを利用しようと考えている者たちの存在です。思惑を巡らせることそのものが悪だとは言えませんが、気に入らないものですね。せめて上手に隠して欲しいですが……」

「まぁ、それに関しては隠されても俺の仕事が増えるので勘弁して欲しいですがね」

ミゲルが肩を竦《すく》めながら軽い調子で言いました。それに私も苦笑してしまいます。

「それもそうですね。……本当にこの手の問題は簡単にどうにか出来ないのが悩ましいですね。だからこそ、アニスにはこういったことで煩わせたくありません」

アニスにはただ純粋に魔法の可能性を追い求め、未来を拓《ひら》いて欲しいです。だからこそ、彼女を煩わせないように私が頑張らなければ。

「まずは近々行われる西部の貴族との会合次第ですね。そこで何らかの進展が得られればいいんですけど」

「そうですね。私もそのように願いたいところです」

――そう。私はその日までそう願っていたのです。

まさか、会合の場で無視出来ない問題が発生するだなんて夢にも思わずに……。

＊＊＊

西部の貴族との会合の目的は、今後の流通の活性化を見込んでの街道の整備と、新たな流通路の開拓について協議するためでした。

西部の要となる貴族は普段、領地にいることが多いので改めて機会を設ける必要があります。領地に籠もっている理由は様々ですが、主な理由として挙げられるのは国境の監視の必要があるからです。

そのため、王都に足を運ぶのにも調整の時間がかかると言われ、ようやく会談が始まったのですが……。

「ユフィリア女王陛下のご要望につきましては理解致しました。西部としても否《いな》やもございません。このお話を受け入れるつもりで話を進めたいと思います」

そのように答えたのは、すっかり髪が白く染まっている老紳士です。

この方はローシェンナ侯爵。西部のトップと呼ぶべき人であり、御年六十を超えているご長寿な方です。

それでも老いを感じさせず、大木のような静かな雰囲気を纏《まと》っています。何を考えているのか簡単に読ませてくれず、経験の違いをどうしても感じます。

これはお父様と同じぐらい、いえ、お父様よりも相手にしたくないかもしれません。西部の貴族もローシェンナ侯爵に追随しているので、主に話をしているのはこの方です。それ故にやりづらいという意識が出てきてしまうのでしょうか。

「それでは、街道整備の計画に同意を頂けるということでよろしいのですね？」

「ええ、国に活気が満ちるのはよいことです。アニスフィア王姉殿下によって齎《もたら》されている魔学の噂《うわさ》は西部でもお伺いしていますから。期待に胸を躍らせる者も多くおります」

「では、詳しい計画についても検討させて頂きたいのですが……」

「ユフィリア女王陛下、逸《はや》るお気持ちはご理解いたしますが……一度、この話は持ち帰らせて頂きたく思っております」

ローシェンナ侯爵は感情を読み取らせないような淡々とした声でそのように言いました。

私は思わず眉が跳ねそうになるのを堪《こら》えつつ、彼を真《ま》っ直《す》ぐ見つめます。

「持ち帰りたいとは、何故《なぜ》でしょうか？」

「今後、魔学による魔道具が発展し、その原動力となる精霊石の需要が高まること。その過程で需要が高まるとされる流通の整備と開拓を進めたいということ。ユフィリア女王陛下のお考えには我々としても深い理解を示しています。しかしながら、実際に進めるとなると計画の精査が必要となるでしょう。その精査の際には、西部の事情を知る者が草案を纏めるのが良策と考えています」

「ですので、今ここで草案を協議しようと考えていたのですが？」

「失礼ながら、西部とは特殊な地となります。中央や東部とは訳が違うのです。その背景を理解せずに計画を立てても二度手間になる恐れがあります。我々としては、そのようなお手間をユフィリア女王陛下にかけるのは心苦しく思っております」

「……だから一度、話を持ち帰って西部から計画を練って提案したいと？」

「我らが主導した計画に目を通してからの方が修正するにしても手間がかからないでしょう。これも全て、ご多忙なユフィリア女王陛下を思っての進言でございます」

「ローシェンナ侯爵、そのように仰《おっしゃ》るのであれば先に草案を用意しておくべきだったのではないか？　計画については事前に通達をしていた筈であるが」

魔法省の代表として出席していたラングが眉を寄せながら苦言を呈しました。しかし、それを受けてもローシェンナ侯爵は微塵《みじん》も揺らぎません。

「ふん！　そんな中央の要望ばかり求められても応じられんというのがわからんのか？」

その代わりに口を開いたのは、恰幅《かっぷく》の良い壮年の貴族でした。身に纏っている衣装などが煌《きら》びやかで、己の富を誇示しているかのような印象を受ける方です。

彼はエボニー伯爵。ローシェンナ侯爵と並んで西部では有力な貴族です。

この二人の関係は、ローシェンナ侯爵が国境を守る騎士の頂点に立っており、エボニー伯爵は流通を取り纏める要として立っていると言えば良いでしょうか？

ローシェンナ侯爵は疑《うたぐ》り深いまでに静かな方ですが、エボニー伯爵は弛《ゆる》んだ頬肉を持ち上げながら笑みを浮かべます。

その様相が不気味になっているのですが、喉が焼けたかのようながらついた声がその印象を深めているようでした。

「ローシェンナ侯爵が説明したであろう！　西部は王国を守る要である！　同時に国外との交易が絡《から》む以上、何事も簡単に決めれば良いというものではない！　それを押してまで女王陛下に賛同の意を伝えようとした我々の心意気を理解して貰《もら》いたいものだな！」

「理解とは仰いますが、それが西部の不透明さに対しての弁護にはなり得ませんな」

「我々の忠誠を疑うと言うのか⁉」

「誰が忠誠の話を致しましたか？　私が問題視しているのは、西部の資金の流れに不透明な部分が見受けられる点です。不正を疑われても不思議ではないというのに、問い合わせても精査に時間がかかるというばかり。何事も鈍足なのは西部のお家芸だとでも？」

「思慮深く、慎重であると言ってくれ給《たま》え！　これだから中央の横暴さには眉を顰《ひそ》めるのだ！　我々の功に報いるつもりがないのは貴君等の方ではないか⁉」

苦言を呈するラングに対して、怒鳴りつけるかのようにエボニー伯爵はそのように言いました。ラングは表情を動かすこともなく、淡々と応じます。

「我々は自らの職責を果たそうとしているだけです」

「はん！　どこまで信用出来たものかな！　シャルトルーズ伯爵の反逆は我々の記憶にも新しい！　それからどれだけ立て直せたと言うのか疑いたくもなる！　未熟者の集いだからこそ、捗《はかど》るものも進まないのではないか⁉」

「……それは、魔法省への侮辱だと受け取っても？」

「何が侮辱か！　ただの事実ではないか？」

エボニー伯爵の一言でラングの表情が大きく歪《ゆが》みました。ラングの苛立《いらだ》ちを肌で感じつつ、このまま見過ごす訳にはいかないと口を開こうとした瞬間でした。

私よりも先に口を開いたのは会議に参加していた西部の貴族たちです。思わぬ者たちが声を上げたことに驚き、口を挟む機会を失ってしまいました。

「エボニー伯爵！　黙っていれば口が過ぎるのではないか⁉　貴様の横暴な態度が西部の評判を落としていると自覚なさらぬか！」

「私はただ事実を申し上げただけだと言った筈《はず》だが？　横暴なのは魔法省を抱えた中央の貴族たちの態度こそであろう！」

「しかし、問題視されているのは貴殿等の資金の不透明さである！　その問題に西部全体を巻き込まないで頂きたい！」

「自らだけが清廉潔白のように囀《さえず》るでないわ！　貴様等は国防のためにと一つ覚えのように繰り返すだけで、計画性も何もなく資金を食い潰すではないか！　実を伴わない空論は聞き飽きているというのだ！」

「金に目を眩《くら》み、しつこく囀っているのは貴殿等であろう！　その頭には金儲《かねもう》けのことしかないのは一目瞭然であろう！」

「何を言うか！　それを言うのならば、国防のためだと無作為に資金を浪費する貴様等こそ、王国に仇為《あだな》す不忠者ではないのか⁉　今ここで己の不明を恥じ、女王陛下に頭を下げたらどうだ⁉」

「エボニー伯爵！　貴様ァ！」

突如、口汚く言い争いを始めた西部の貴族たち。私は呆気《あっけ》に取られるしかなく、憤《いきどお》りを見せていたラングですら困惑しきっていました。これは、私が思っていたよりも西部というのは纏まりがなかったということなのでしょうか？

そうして戸惑っていると、沈黙していたローシェンナ侯爵が口を開く。

「静まれ、女王陛下の前であるぞ」

「ロ、ローシェンナ侯爵……」

「……お見苦しいところをお見せ致しました、ユフィリア女王陛下。ラング卿《きょう》にも謝罪申し上げます」

「……謝罪を受け取ります。顔を上げてください、ローシェンナ侯爵」

席を立ち、深く頭を下げたローシェンナ侯爵。どうするべきかと考えて、ここは謝罪を受けました。

ここで彼等《かれら》の不手際《ふてぎわ》を盾に詰め寄ることも出来たのですが、それにしては何やら様子がおかしいと感じたので踏み込めませんでした。

そうして私が考えている間にローシェンナ侯爵が顔を上げて、静かに言いました。

「これでは纏まる会議も纏まらないでしょう。やはり、この話を持ち帰らせて頂くということで進めさせて頂けないでしょうか?」

「……それは」

私としては、ここで打ち切るというのは望ましい展開ではありません。ここで見逃したところで同じことが繰り返されるだろうという予感があったからです。

しかし、かといってどう踏み込むべきか。やはり彼等の不手際を責めることで切り込んでいくべきなのか、そう考えているとまた別の貴族が口を開きました。

口を開いたのは西部の中では若年と言うべき貴族の青年です。

「お待ちください、ローシェンナ侯爵。西部の恥を見られた以上、ユフィリア女王陛下にも我らの実態を知って頂くべきかと進言させて頂きます」

「レグホーン伯爵、控えよと言った筈だが？」

「いいえ、控えませぬ！　これも王国のための進言にございます！　ユフィリア女王陛下、どうかお聞き届けください！」

レグホーン伯爵と呼ばれた青年は、ローシェンナ侯爵からの制止を物ともせず私に向けて声を張り上げました。

私を見つめる真っ直ぐな視線には、異様なまでの熱が込められているように感じます。

「我ら西部の貴族は日々、この国を守るために盾としてあることを志しております！　しかし、国境と接するが故に我々は多くの物事と向き合わなければなりません！　これによって主義主張が入り乱れ、意思の統一も難しい状況に陥っております！　その中に法を犯す不逞の輩《やから》まで紛れ込む始末！　この状況は改善されなければなりません！　女王陛下のご威光を以《もっ》て西部を纏めて頂きたく願っております！」

「き、貴様！　何を言うか！」

「畏れ多くもユフィリア女王陛下に何を願うかと思えば！」

「黙れ！　何が西部の二本柱だ！　この二つの頭が我々を互いに食い合わせているのだと何故気付かんのだ！」

「だからといって、王家の介入を望むとは！　我ら西部の信念を忘れたか！」

「王家の純粋性を保つために、国の盾という使命を忘れ得ぬために、西部には独立性が必要であるというお題目のことか！　それを邪《よこしま》にも利用し、私腹を肥やす者たちが蔓延《はびこ》っているではないか！」

「証拠は、証拠はあるというのか！　それがなければただの誹謗《ひぼう》であるぞ！」

西部の貴族たちは揃《そろ》ってレグホーン伯爵を口汚く罵り始めました。その中には戸惑いを隠しきれぬまま、右往左往している者たちもいます。

まるで纏《まと》まりが取れていない状況に頭痛さえしてきました。一体、どうしてこのようなことになったのでしょうか……？

「ユフィリア女王陛下！　どうか西部に御身のご威光をお示しください！」

「いい加減にせぬか！　ユフィリア女王陛下！　この者の言葉に耳を貸してはなりませんぞ！　誰か、この者をつまみ出せ！」

「──皆、静粛に」

耳を劈《つんざ》くような怒声の数々を制するように、いつもより低い声で私は言いました。

喧噪《けんそう》が嘘《うそ》だったかのように静まりかえり、漸《ようや》く私は息を吐《つ》くことが出来ます。とにかくこの状況を仕切り直さなければ……。

「レグホーン伯爵、貴方《あなた》の訴えはしかと耳にしました。しかしながら、証《あかし》がない罪を罰することは出来ません。まずは然《しか》るべき調査をしてから判断致しましょう」

「ユ、ユフィリア女王陛下！　この者の言葉を信用するというのですか！」

「いいえ、しかし火のないところに煙は立たないというものです。それも全ては白日の下に明かしてからになりますが……」

「これは我ら西部と王家の関係を引き裂く謀《はかりごと》に違いありません！　ユフィリア女王陛下、判断を間違えてはなりませぬ！」

「私は今、ここで貴方たちを罪人と認めている訳ではありません。詳しくは調査をしてからに……」

次々と訴え出す貴族たちの怒号を諫《いさ》めようとしますが、それに負けぬ勢いでレグホーン伯爵が吼《ほ》えました。

「ユフィリア女王陛下！　時を与えれば隠蔽に走る者もいる筈です！　故に、私も含めた上で西部の貴族は拘束すべきかと進言致します！」

「小僧、貴様ッ！　まだその口を閉ざさぬか！」

「黙るのは貴殿等の方だ！　何故《なぜ》、ユフィリア女王陛下の意に沿わぬ振る舞いばかりする⁉　このお方は精霊契約者！　祖たる初代国王の再臨なのだぞ！　そのお方に従わずして、一体何を信仰しているというのだ⁉」

レグホーン伯爵は強く叫ぶと、貴族たちは口を閉ざしました。

彼等の浮かべる表情は様々でした。忌々《いまいま》しげに口を閉ざす者、私の顔色を窺《うかが》うように見つめている者、顔色を悪くして俯《うつむ》いている者……。

そんな彼等の顔を見つつ、私は内心辟易《へきえき》としていました。レグホーン伯爵のように信仰心が強すぎる者が私にとって一番厄介な相手とすら言えます。

発言が行き過ぎてしまうのも、その信仰心故なのでしょう。咎《とが》める際にも言葉を選ばなければ逆に面倒なことになりかねません。

どんどんと頭痛がはっきり感じられるようになっていく中、この事態を収拾するために口を開こうとした時でした。私に先んじて、再びレグホーン伯爵が口を開いたのです。

「ユフィリア女王陛下！　この国に平穏を齎《もたら》すのは貴方様の使命でございます！　貴方様の慈悲は噂《うわさ》の数々より感じております！　しかし、その慈悲は貴方様に忠実な臣下にこそ与えられるものでございます！　どうかご決断を！」

「レグホーン伯爵。確かに私は精霊契約を成し遂げ、この王位の座につくこととなりました。しかし、私は法そのものではありません。罪を裁くのは、私の意思ではなく、国の法の下でなければなりません。そこは覆《くつがえ》してはならないのです」

「そのような甘いお考えでは不正は正せませぬ！」

……今、私は一体何を言われたのでしょうか？　理解が追いつかず、言葉を失ってしまいました。

「……それでは、国の法よりも王の意思が優先されると仰《おっしゃ》るのですか？　そのような前例を残せば、後の世の王が前例を盾に己の都合を優先して臣下を罰することもあり得るのでしょう。その危険を冒してまで正さなければ、西部というのは悪辣な地に堕《お》ちたとでも仰りたいのでしょうか？」

私の声から感情が失われ、ただ淡々と問い詰めるだけになっていきます。

感情が凍《い》てついていくような感覚に反して、腹の底ではぐつぐつと煮え立つような苛立ちが湧いてきます。

「どうなのですか、レグホーン伯爵」

「御身のご威光が、西部には必要なのです。そう！　それはあの地に住まう心正しき者たちを救うために！　私とて、全ての者が悪辣であるとは思っておりません！　なればこそ正しき臣下のために慈悲を授けて頂きたく！」

「……ご自分で正そうとはしなかったのですか？」

「誰も私の声に耳を傾けませんでした！　長く続いた西部の体制が生み出した悪《あ》しき因習が阻《はば》むのです！　どれだけ正しくあろうとも、あの地では抑圧されて歪《ゆが》まされていくのみ！　そこに誰の幸福があろうと言うのですか！　最早《もはや》、手段を選んではいられなかったのです！　どうか、この切実な思いを聞いて頂きたく……！」

……あぁ、何故こんなにも苛《いら》つきを抑えられないのでしょうか。

熱意は伝わります。正しくあろうとする心意気も伝わります。きっと、彼はとても善良なのでしょう。他人を思い、己の身を粉にして尽くす精神性を持ち合わせています。

でも、ただそれだけです。それでは私の心は動きません。その事実が私に深い溜息《ためいき》を吐かせます。

「レグホーン伯爵、貴方の仰りたいことはわかりました。しかしながら、私は貴方に退室を命じます」

「ユフィリア女王陛下……！　何故ですか⁉」

「この会合は王家と西部の今後を話し合うための場です。個人の嘆願を聞き入れる場ではありませんし、ましてや貴方は西部の一員としては問題になるでしょう。一度、頭を冷やして己が行いを振り返ってください」

「どうしてわかって頂けないのですか！　今の法は不正を正すことが出来ない不完全なものだと言うことは貴方様でもご理解している筈《はず》です！　なればこそ、貴方様の力が必要なのです！」

「それを正すのだとしても、それは私の意思一つであってはならないのです」

「いいえ！　この国は貴方の意志で変えられるのです！　何故そうも偉業の成果を他者に譲られるのですか！　その力を誇示すれば誰もが貴方に頭《こうべ》を垂れます！　回りくどくアニスフィア王姉殿下の存在を誇示する必要もないでしょう！」

「…………それは、どういう意味ですか？」

今、私は何を言われたのでしょうか？　理解が追いつかず、思わず聞き返してしまいました。

すると、レグホーン伯爵は我が意を得たりと言わんばかりに続けました。

「かのお方の魔学という発想は民に遍《あまね》く広めるべきでしょう！　しかしながら、新設とはいえ騎士団長の地位はあまりに過分でありましょう！　あくまで上に立つのは貴族であらなければなりませぬ！　魔法の術を持たぬアニスフィア王姉殿下に何故そのような分不相応な立場をお与えになるのか⁉」

「……理解が及ばないのですが、何を以てアニスが分不相応だと？」

「──全てです！　冒険者として名を馳《は》せた過去はおありなのでしょうが、それもどこまでが真実と言えるのかと疑わしいもの！　ドラゴン討伐の功績も本当はユフィリア女王陛下の功績なのでしょう⁉　そうでなければおかしい⁉　魔法を使えないのにそのようなことが本当に可能だと、どれだけの人が信じると言うのですか⁉」


──私は、一瞬時を忘れてしまっていたのでしょうか。

気付けば、私は椅子を蹴り飛ばす勢いで立ち上がっていました。

会議の場であるからと外していたアルカンシェルを求めた手が空振りし、自分が無手であることを自覚します。

私から放たれた殺気が圧となり、空気を震わせているかのようでした。恐れおののき、椅子から崩れ落ちる貴族たちが何人かいるのを目撃しました。

その中には、直接殺気を向けられたレグホーン伯爵も含まれています。その姿を視界に入れていると息が震えて、フーッ、と獣のような唸《うな》り声が何度も零《こぼ》れます。

自分のことの筈なのに、薄い壁によって隔てられてしまったかのような遠い感覚。人の声ですらもどこか遠くて、何を言っているのか聞き取れません。

このまま、この衝動に身を任せてしまいたい。何故、動けないのでしょうか。目の前にいるこの不届き者をどうにかしてしまいたいのに——

「——女王陛下！　お気を確かに！　それ以上はなりません‼」

そうして、漸く私の耳にハッキリと届いたのはラングの声でした。

薄い壁が剝がれるように世界の認識が戻ってきます。身体《からだ》が震えて、衝動的に振る舞いたくて仕方がありません。それを堪《こら》えようとすればもどかしくて我慢がならなくなりそうになります。

「ラング……」

「どうか、どうか気を静めてください！」

必死なラングの声に、少し冷静さを取り戻せたような気がします。

それでも頭が痺《しび》れてしまったかのように何も考えられず、自分でもどうしようも出来ない感情の奔流を堪えることしか出来ません。

「会議はここまでだ！　女王陛下はここで退室とする！」

口早にラングが叫び、私の手を引くようにして会議室を後にしました。

会議室を出ると、外で待機していたレイニが飛びつくように私に向かってきました。

「ユフィリア様⁉　一体何があったのですか⁉」

「レイニ嬢、ユフィリア女王陛下を頼む！　私はこの場を収める！　陛下をここにいさせてはいけない、すぐに離宮へお連れしてくれ！」

「ッ、わかりました！」

ランがすぐさま指示を告げ、レイニは表情を引き締めて頷《うなず》きました。

「ユフィリア様、行きましょう」

「……」

「ユフィリア様！　しっかりしてください！」

レイニに声をかけられるも、私はどうしても動けずその場に立ち尽くすしか出来ませんでした。

どこまでも激しい感情が湧き出るのに、湧き出た瞬間にふっと消えてしまうような虚脱感。その繰り返しが目まぐるしく行われ、指一本すら動かすのが億劫《おっくう》です。

結局、それから私はどう離宮に戻ったのかわからないまま、西部の貴族との会合を終えるしかなかったのでした。

2章　零れゆく欠落

「そんな馬鹿な自殺志願者がいたの？　世も末ね」

如何《いか》にも不愉快だと言わんばかりに零したのは、私を診察するために急遽《きゅうきょ》呼び出されたティルティです。

彼女に脈を取られるなど診察をされながら、私はようやく気が落ち着いてきたのを感じます。先程までは何をするのも億劫だったのですが、それが軽減されました。

「突然拉致されて何が起きたのかと思ったけど、馬鹿らしすぎて逆に笑えるわ。そいつが目の前にいたら私がユフィリア様の代わりに縊《くび》り殺してやりたいくらいよ」

「ご、ご迷惑をおかけしました……」

「本当に勘弁しなさいよね、レイニ。お姫様抱っこで誘拐される身になりなさいよ」

ジト目のティルティに睨《にら》まれて小さく縮こまるレイニ。彼女は慌てるあまり、私を離宮に送り届けた後、ハルフィスの元に顔を出していたティルティを拉致するように連れてきたのです。

その際にお姫様抱っこで駆け回る姿を多くの人に見られてしまった訳なのですが……これは後で私からも謝罪しておかなければいけませんね。

「それで？　ユフィリア様の体調はもう大丈夫なのかしら？」

「いえ、その、怒りのあまり我を忘れていただけですので……」

「私からすれば、もうそうなったこと自体が異常だけどね。西部の連中も若い奴《やつ》の暴走に巻き込まれて災難よ」

「ええ、私もこんなことになるとは予想出来ませんでした……」

ティルティが溜息交じりに言いましたが、私も深く溜息を吐《つ》きたいです。

一体何を考えてあのような訴えをする気になったのでしょうか？　自分の行動によって何が起きるのか想像も出来ないのだとしたら、本当に危うい人です。

とはいえ、レグホーン伯爵のような者が他にいないかと言われるといないと言い切れません。彼ほど過激な行動で示さなくても似たようなことを考える者は多数いるでしょう。

それを思えば頭が痛い限りです。最近は多少マシになってきたかと思いましたが、精霊信仰に関わると暗澹《あんたん》とした気持ちにさせられることが多くて憂鬱になります。

「よくもまぁ言えたものよね。正直、その場で首を斬られても文句が言えないわ。真っ向からユフィリア様にもアニス様にも喧嘩《けんか》を売ってるじゃない」

「本当ですよ！　アニス様の功績を疑うだなんて、何を考えてそんな発言をしたのか理解が出来ません！」

レイニも怒りを露《あら》わにして震えていました。そんな彼女の様子にティルティは皮肉げな笑みを浮かべて肩を竦《すく》めています。

彼女たちの怒りは当然でしょう。私だってまだ怒りを完全に抑えきれずにいます。

アニスが一体どんな思いで魔学を追究し、魔道具を編み出したのか。魔法を使えないという逆境を彼女は一人で乗り越えてきたのです。

その果てにドラゴンを討伐するという功績を立てました。それを思えば、魔法を使えないというだけでそれを否定するなんて見識が浅いとしか言えません。

「まぁ、ここ数年の情報を仕入れていないんだったらあり得るかもしれないわよ？　それならアニス様が魔法も使えないのにドラゴンを倒しただなんて、そう簡単に信じられないでしょうね。いくら公の場で発表されたことだとしてもね」

「それは、色々と能力を疑いたくなりますが……」

「実際、無能としか言えないでしょう？　自分の立場も考えずに場を荒らしてるんだし。西部は王家と距離を取ってるから、それが暴走した理由の一つかもしれないけれど。どちらにせよ、迂闊《うかつ》な発言が許される理由にはならないわ」

ティルティは吐き捨てるような口調でそう言いました。全く以《もっ》て、私も同意です。

「不正を糾《ただ》したいという気持ちは否定しませんが、手段を間違えてはいけません」

「そうね。理解したくもないわ、こんな行動に出るような考えなんてね」

「……アニスが直接聞かなくて良かったです。もしもアニスがその場にいたら私も抑えられなかったかもしれません」

「まったくね。それだけは幸いだったわ」

私に同意するようにティルティが鼻を鳴らしました。本当にあのような世迷《よま》い言《ごと》をアニスに聞かせなかったことが唯一の幸いと言ってもいいかもしれませんね。

こちらとしても、この状況を歓迎することは出来ません。結果として、レグホーン伯爵のせいで西部との交渉も難しくなってしまいました。

「徹底的に追及してもいいんですが、その後の反応が予測しきれませんね……」

「あんまり追い詰めすぎると、また変な暴発を起こすかもね」

やろうと思えばこちらが望むままに改革を迫ることも出来ますが、元より王家に対して距離を取ろうとしている姿勢がどう響くのかが未知数です。

「私は出来ればゆっくりと改革を進めていきたいのですけど、どうして事を急がなければならない問題が次々と起きるのでしょうね……？」

「急激な改革は反感を買う恐れがあるものね。どれだけユフィリア様に大義名分があろうとも、国の在り方なんてそう簡単に変えられるものじゃないでしょう」

「それだけアニスが齎《もたら》す変化の影響は大きいですからね」

どれだけ便利になるのだとしても、魔学や魔道具を無理に普及させようとすれば長らく守られてきた伝統と正面からぶつかってしまいます。

魔法は貴族たちにとって利権そのものです。そんな魔法の価値を大きく変えることは、彼等《かれら》の存在価値を貶《おとし》める可能性を孕《はら》んでいます。

だからこそ私は、アニスが齎したい変化と、この国で守られてきた伝統の間に入って、両者を繋《つな》ぐために王位を継いだのです。国が割れるようなことになってしまえば、一番傷ついてしまうのはアニスです。

故に、争いに発展しないように調整を続けている筈《はず》なのですが、何故《なぜ》こうも思うように物事が進まないのでしょうか。その原因が思慮の足らない人間ばかりに思えてしまうのは、私が疲れているからなのでしょうか……。

「義父上《ちちうえ》たちにも相談しなければなりませんね……」

「大変ね、ご苦労様だわ」

「他人事《ひとごと》のように言いますね……」

「他人事だもの、とは言うけれどね。まぁ、愚痴ぐらいなら聞いてあげるわ」

「……ありがとうございます」

私がそう言うと、ティルティはクスクスと笑ってみせました。私も釣られて頬を緩めてしまいます。そのお陰で少しだけ気が紛れました。

「今日は精神的に疲れたでしょうからゆっくり休んだら良いんじゃないかしら？　普段から色々と溜《た》め込んでるでしょう？　アニス様もいないしね」

「それは、まぁ……」

「アニス様が帰ってきた時に余計な心配されたくないでしょ？」

「……アニスには知って欲しくないんですけどね」

「話すか話さないかはユフィリア様の判断だけど、話すつもりがないならバレないように取り繕えるようにしておくことね」

「ラング様やグランツ公がユフィリア様の政務を調整してくださっていますので、政務については心配しないでください。必要であれば先王陛下にも助力を願うと言っていましたので。ユフィリア様はゆっくり休んでください」

「ティルティ、レイニ、ありがとうございます。あまり義父上に代理を頼まないようにはしたいのですけどね……」

義父上は国王の座を退《ひ》いた後、私の補佐を続けて貰《もら》っています。かといって頼り過ぎては退位した意味がないので、なるべく頼らないようにはしています。

暇が出来た義父上は、ずっとやりたかった植生の研究を始めました。元から穏やかな気質の方でしたが、退位してから更に穏やかさを増したように思います。

ただ、それも私が補佐して欲しいと望んだ時に応じられるように小規模で、自分の代わりになる人を置いているので、本腰を入れているとは言えない状況です。

だからこそ、あまり義父上には私の代理をさせたくないのですが、まだまだ人が足りてないので頼まざるを得ません。

「オルファンス先王陛下に言ったら、頼ってくれない方が問題だって言いそうですね」

「……それは否定出来ませんね」

今回のように心ない言葉を向けてくる人もいますが、私の周りには支えになってくれる人たちがいます。

本当にありがたいことだと、私はそう思って微笑を浮かべてしまうのでした。

＊　＊　＊

ティルティの勧めもあって、この後はゆっくり休むことを決めました。

そうしていると、夕食の時間になります。今日は早めに食事を終えて、残りの時間も休養に当てようと思いながら口に運んでいると――

「……ッ？　ん、ぐ⁉」

不意に私を襲ったのは、強烈なまでの違和感。

食事を口に含んでも味をまったく感じなかったのです。精霊契約者になってからというもの、食事に対しての執着は薄れ続けていましたが、少なくとも味が判断出来ないということはありませんでした。

それなのに味がしない。噛《か》んでも食感を不愉快に感じてしまう。飲み込めば異物感がせり上がってきて、ただでさえ希薄になっていた食欲が更に薄れていくのを感じます。

「ユフィリア様？　どうかされましたか？」

配膳を終えて控えていてくれたレイニが、思わぬ私の声を聞いて驚きながら声をかけてきました。

何もない、とは咄嗟《とっさ》に言えず、気付かれないように咀嚼《そしゃく》をしながら飲み下します。

言い表すのが難しい感覚に苦しみながらも、それを表に出さないように笑みを浮かべてレイニを安心させようと試みます。

「いえ、何も……」

「ユフィリア様」

　レイニが真剣な表情で私の顔を覗《のぞ》き込んできました。真紅の瞳に見据えられると、思わず目を逸《そ》らしてしまいそうになります。何とか取り繕おうとしますが……。

「私に隠し事が出来ると思いましたか？」

「……」

「感情が乱れてますよ」

「……レイニには敵《かな》いませんね」

　染《し》みついた習慣で取り繕おうとしましたが、ヴァンパイアの力で感情の揺らぎを感づかれてしまったようです。これだからレイニには隠し事が出来ないのですよね……。

　私が困ったように微笑《ほほえ》むと、レイニの眉間の皺《しわ》が深く寄りました。そのまま溜息《ためいき》を吐《つ》いてから、テキパキと指示を始めました。

「夕食は食べられないんですね？　それなら今日はもうお休みになってください」

「申し訳ありません、レイニ……」

「ティルティ様を呼ぶ必要はありますか？」

「今日は一度診察して貰っていますし、このまま様子を見ます」

「……無理はしてませんか？」

「してませんよ。部屋で休みますので、後をお願いします」

「……はい」

心配そうに見送るレイニの視線を背にして、私は食堂を後にした。

碌《ろく》に夕食もとらずに退室した私を不安そうに見ているメイドたちが気になりましたが、彼女たちに余計な不安を与えないよう、表面上は何事もなかったかのように振る舞いながら部屋へと戻りました。

「……一体、何だったのでしょうか？」

喉を摑《つか》むように触れながらぽつりと呟《つぶや》きを零《こぼ》しました。先程まで感じていた気分の悪さは、すっかり消え失《う》せています。

夕食をほとんど食べていなかったので、お腹《なか》への負担がそこまでではなかったのでしょうか？　そう考えてみますが、しっくり来ません。

「……思っていたよりも参っていたのでしょうか」

気分が落ち込むと食欲も落ちるものですが、自覚がないだけで相当落ち込んでいたのかもしれません。

このままではいけない。今日は早めに休んで、明日には調子を取り戻しましょう。西部との会議の一件を放置する訳にもいかないですからね。

私はそう思ってメイドを呼び、着替えを済ませて貰いました。入浴することも考えましたが、それよりもさっさと眠った方が良いと思ったので明日に回します。

「気晴らしに本でも読んで寝ましょうか……」

幸いなことに読んでいない本はたくさんあるので、選ぶのに困ることはありません。

これで気分が少しでも上がれば良いと思いながら、私は部屋の隅に積まれた本に手を伸ばすのでした。

……しかし、私の異常はそこで終わりませんでした。

久しぶりのじっくりとした読書。それに没頭していた私ですが、ふと読み終わって顔を上げた時に気付いたのです。

「……もう、こんな時間？」

外は真っ暗で、夜が来ていることに気付いていませんでした。どうやら灯《あか》りも無自覚で灯《とも》していたようです。

最初は本を読むのに没頭していたからだと思っていたのですが、それが間違いだと気付いたのは流石《さすが》に眠らなければと布団《ふとん》に入った後です。

「……眠れない？」

どれだけ目を閉じても、意識が冴《さ》え渡って眠れなかったのです。

……何かがおかしい。確かに私は精霊契約者になってからあまり眠気を感じたことはありませんでしたが、眠ろうと思えば意識を沈めることは出来た筈。

眠気が来ないから眠る必要はないけれど、寝たいと思えば眠ることが出来ました。

それが、一切出来なくなっていたのです。

「……一体、何が」

言いようのない不安がふつふつと胸の奥から湧いてきました。何かを見落としているような、気付かないまま失ってしまっているような感覚が消えません。

「――ご機嫌麗《うるわ》しゅう、とは言えない夜みたいね。ユフィリア」

「ッ⁉」

自分の異常に気を取られていたからでしょうか。私はその存在に気付くのが遅れてしまいました。

驚かされたことで肩を跳ねさせてしまいましたが、すぐに力を抜いて声の方へと視線を向けます。月の光が差し込む窓際《まどぎわ》、そこにいつの間にかリュミが立っていました。その姿を認めると溜息が込み上げてきます。

「リュミ……驚かさないでください」

「あら、それは失礼したわね？」

「別に悪いとか思ってないですよね？」

「ご想像にお任せするわ」

相変わらず神出鬼没だと思いつつ、額を押さえました。心臓に悪いんですよね、もう少し普通に話しかけてくれるとありがたいのですが……。

「それで、今日はどんな気まぐれで声をかけてきたんですか？」

「気まぐれではないわ。今は私が側《そば》にいた方がいいかと思っただけよ」

「……え？」

「眠れないのでしょう？　しかも食事までまったく出来なかった。自分でも異常だということはわかっているわね？」

リュミは微笑を浮かべていた表情を真剣なものへと変えました。

それはつまり、私には今、何かしらの異常が起きているというのは間違いないのでしょうか。不安に心臓の鼓動が速まったような気がします。

「リュミ、私に何が起きているのかわかるんですか？」

「まぁね。今日、何かあったのでしょう？　詳細は把握してないけど、随分と酷《ひど》い有様《ありさま》になっているから気になったのよ」

「では、この症状は一体……？」

「先に言っておくけれど、それは異常であって異常とは言い切れないわ」

「……？　どういうことですか？」

「ある意味で、今の貴方《あなた》が正常な状態ということよ。──精霊契約者としてね」

リュミに告げられた一言に、私は思わず息を止めてしまいました。

彼女に告げられた言葉の意味を考えると、汗が浮かんできます。嫌な予感を覚えつつも私は問いかけます。

「精霊契約者として今の状態が正しいというのは、つまり……」

「魂と肉体の乖離《かいり》が進んでる……繋《つな》がりが弱まってるわね。だからいつも以上に人としての感覚が煩わしい、そうでしょう？」

否定することが出来ず、私は呻《うめ》いてしまいました。

精霊契約者にとって、肉体はただの器。この世に存在するために必須なものではありません。意識して肉体を維持しなければ、あっさりと捨ててしまう。

それを知っているからこそ、意識して人の感覚を維持しようとしてきた筈《はず》なのに、どうして……。

「……リュミ、どうしてこんな急に悪化したのでしょうか？」

「別に急でもないわよ。さっきも言ったけれど、本来だったらそれが精霊契約者として、精霊として自然な状態。むしろ普段が余計なものを無理に加えてるの」

そう言ってから、リュミは指を私の額に当てました。

そのまま覗き込むように迫るリュミの瞳から、私は思わず飲み込まれてしまったように視線を逸らすことが出来ません。

「人として振る舞えない程、今の貴方には余裕がないのよ。余程、心身に負荷がかかるようなことでもあったのかしら？」

「……それは」

「ただでさえアニスフィアと離れてしまって、魔力の供給が足りてないところにダメ出しを受けたみたいね。感覚を取り戻すのはなかなか面倒よ？　なるべく意識して心を落ち着かせることね。でないと治らないわ」

「……厄介なことになってしまいました」

思わず項垂《うなだ》れて、片手で顔を覆ってしまいます。

そうしていると、リュミが隣に座りました。そのまま私の手を握って、肩を預けるように体重をかけてきます。

「まぁ、良かったじゃない」

「……何もいいことはありませんが？」

「私がいるじゃない」

あっさりとそう言われて、私は思わず口を閉ざしてしまいました。

確かにリュミがいてくれなければ、この症状に見当もつかなくて、もっと苦しんでいたかもしれませんが……。

「理解者がいてくれるって、それだけで変わるものよ。私は一人だったもの」

「……ぁ」

「一人で苦しむのは辛《つら》いわよ」

「……そう、ですね」

思わず吐息が声と共に零れました。空気が抜けたような頼りない声はあっさりと消えて、重たい沈黙が訪れます。

リュミの表情はいつも浮かべている微笑へと戻っていました。その表情の裏に一体どれだけの苦しみを隠しているのかと、そう考えずにはいられませんでした。

「とはいえ、私も私以外の精霊契約者とこうして一緒にいるのは初めてだけどね」

「……かつて現れた精霊契約者と関わることはなかったんですか？」

私が疑問を口にすると、リュミは静かに首を左右に振ります。

「なかったわね。皆、割とあっさり消えてしまったもの」

「不老不死なのに、ですか？」

私の問いかけに対して、リュミは淡く微笑《ほほえ》みました。

そこに今にも彼女が消えてしまいそうな儚《はかな》さを感じて、思わず手を伸ばしてしまいました。リュミは私の手を受け入れるように好きにさせてくれます。

そのまま彼女の頬を撫《な》でていると、リュミも手を重ねてきました。そのまま頬を私の手に擦《こす》りつけるようにして目を閉じます。

「器がある間は、ね。勿論《もちろん》、器を捨てても魂が消える訳じゃないわ。ただ拡散してしまうだけよ」

「拡散……」

「自分が自分だと言える根拠。記憶や個性、それらが抜け落ちていくの。薄く広がって、透明になっていくように。執着を失って、意識が世界に薄く広がってしまう。そうして、やがては世界に溶ける。それが私たちに待っている末路よ」

リュミの語る末路を、私は感覚的に自分もそうなるのだと理解していました。

私が私であることを捨ててしまえば、今すぐにでもそうなってしまうだろうとも。

「明確な意識さえ保っていれば、私たちは簡単には死なない。でも、私たちが世界に残り続けるためには願いを繋げていかなきゃいけない。その願いの源泉を失った者から消えていくのよ。存在は残り続けても、それは死と変わらないのでしょうね」

「それでは、意識が拡散した精霊契約者が復活する、ということもあり得るのではないのですか……？」

「さぁ？　そんな人は見たことがないし……でも、不可能ではないのかもしれないわね。うん、そういう意味でも私たちはやっぱり不老不死ではあるのよ。復活の余地があるという点ではね」

うんうん、と頷《うなず》きながらリュミは言いました。

彼女に感じていた儚さが一気に薄れて、いつもの彼女に戻りました。

「だから、今は感覚を失ってしまっていても気長に取り戻していけばいいのよ。心が穏やかになって取り戻すまでにはかなり不快に感じることもあるでしょうけどね」

「不快に感じながらも、心を穏やかにしろと？　それは難しいのではないですか？」

「何も感じられないよりはマシだわ。痛みや苦しみが自分を繋ぎ止めてくれることもあるのだから」

あっさりとそう言い放つリュミにギョッとしてしまいます。

痛みや苦しみが繋ぎ止めてくれるのに、私は耐えられるでしょうか？　とてもではありませんが、想像出来ません。それなのに彼女は……。

「……辛く、なかったんですか？」

リュミは長い時を生きています。でも、その生は果たして幸せなものなのでしょうか？　私の疑問に対して、リュミは軽く噴き出しました。それから意味ありげな笑みを浮かべて私を見つめます。

「辛いわね。どうしようもなく、辛いわ。それでも捨てられないのよね」

「何を捨てられないのですか？」

「精霊契約に誓った願いを」

「願い……」

「私は永遠に君臨する王、その予備であれと望まれたわ。だからこそ、私にはパレッティア王国を見捨てることは出来ないのよ。どんなに苦しくても、この国が終わる時まで見届けなければならないと思ってしまうの」

「……まるで義務のようですね」

「ええ、義務なのよ。苦しくて、辛くて、それでも捨てられないね。だから辛い、ずっと辛いまま生きていくことになるのでしょうね」

ケラケラと笑うようにリュミは言いました。

「確か、貴方と仲の良い子……ティルティだったかしら？　あの子から言わせれば、これも呪いなのかもしれないわねぇ」

呪い。それはティルティがよく口にすることですが、言い得て妙だと思いました。

この国の貴族たちが尊い奇跡だと呼ぶ魔法は、転じて呪いになることがある。精霊契約はその極致でもあると。

それを否定するような気持ちにはなれません。実際、精霊契約を果たしてしまった代償はこれからも私を蝕《むしば》み続けるのですから。

「……捨てられるなら、捨てたいですか？」

「まさか、あり得ないわね」

私の問いかけに、リュミは一切の逡巡《しゅんじゅん》もなく答えました。

あまりにも迷いがなかったので、リュミの顔をまじまじと見つめてしまいます。そんな私に対して、リュミは柔らかく微笑みました。

「辛いことばかりで、苦しくてどうしようもなく終わりに憧れてしまうけれど。その度に思い出してしまうのよ」

「何を、ですか？」

「私が幸せだったことを」

「幸せ……」

「幸せだったことを忘れないために何度も繰り返し刻み込んだわ。薄れゆく記憶をどうにか留《とど》めようとして、執拗《しつよう》に日記を書いたりもした。そうして何度も繰り返しながら思い出そうとするの。もう私の想像でしか埋められない部分もあるけれど、自分が生きた足跡を振り返るだけで前に進むことが出来るわ。それが私の大切な宝物だから」

胸に手を当てながら呟《つぶや》くリュミの姿を、何故《なぜ》か眩《まぶ》しいと感じてしまいました。

「私の終わりは明確に決まってる。それは、この国が終わる時よ。私が守りたいと思った人たちが生きた国が終わる日、その日を待つだけなの。私が生きている間に得られた宝物を愛《め》でながら、いつか来る日まで笑って過ごすの」

自分で口にしたように、リュミは宝物を自慢するかのように言いました。

決して良いことばかりではなかった筈です。それでも、彼女は自分の人生をそのように言ってのける。

……だから、こんなにも眩しく思うのでしょうか。

「だからね、苦しむことは別に構わないの。その苦しみに勝るだけの幸せはずっと前から手に入ってたから」

その穏やかな笑顔が、本当に心の底から幸せなのだと私に伝えるのです。

「私の記憶そのものが薄れていくことはあっても、私たちの軌跡が消えることはない。それがわかっていれば、私はこれからも終わりを待つことが出来るわ」

「……」

「理解出来ない？」

逆にリュミから問われて、私は一瞬言葉に詰まってしまいました。

「……わかるような気はしますが、はっきりとは言えません」

「それでいいのよ。人はそういうものだし、精霊契約者になった私たちは特にその性質が強くなるのでしょう。私が他の精霊契約者に積極的に関わらなかったのは、私たちは自分の願いに囚《とら》われている存在だからよ」

「願いに囚われている……」

「ええ。それが私たちの全て、最後に残るもの。その願いがかけ離れていれば、共感も何もないのよ。私たちは願いが共存出来ているから一緒にいられるだけよ」

言わんとしていることは、なんとなく理解出来ました。

ただ、それを理屈として説明出来ません。それはきっと、願いという不確かなものから始まっているのでしょう。

願いが純粋であればある程、それは人の理解から遠ざかるのでしょう。それ以外が不要である程、更に遠ざかってしまうでしょう。

正しく因果なのだと、そう思いました。

「長く人として生きたいというのなら、人であることにしがみつきなさい。快も、不快もどっちも貴方《あなた》にとっては必要なものよ。でなければどんどん鈍くなっちゃうわ」

「リュミもそうしてきたのですか？」

「……ええ。色々とあったのよ」

私を案じるような目で見つめながら、リュミは頷きました。

恐らく私は彼女の苦しみの全てを理解することが出来ません。上辺をなぞるような浅い理解に留まってしまうでしょう。

私はリュミではないし、リュミは私ではないから。私たちの中心となる願いは、まったく別物なのですから。

それでも、リュミは私に寄り添おうとしてくれている。それがどれだけありがたいことなのか、この瞬間に強く思いました。

「貴方の心配や不安はわかるつもりよ。でも、大丈夫。貴方の周りにはたくさん思ってくれる人がいるでしょう？　その人たちを頼りなさいな」

「ええ、わかっています」

「私から見ればまだまだよ」

「まだまだ……」

「ええ、私から見て貴方は子どもも同然よ」

「……子ども扱いですか」

「実際、子どもでしょう？　何でも一人でやろうとしないで、周囲の人たちを信じてあげなさいな」

「信じる、ですか？」

「自分が手を放してもいいと、もう自分の力は必要ないのだとそう思えるまでに」

「……それは」

「難しい？」

「……はい」

私が口にするよりも早く、リュミは私の思いを言葉にしました。思わず頷いてしまいます。それは本当に難しいことだと、心からそう思ってしまうから。

何だかアニスがよく口にしていることのようだと思いました。それは私にとって目標と言うべきものです。未《いま》だに成し遂げられていないから難しいと思ってしまうのでしょう。

「難しいのは仕方ないわ。だって、私たちは目的を成し遂げるために精霊契約を結んだのだから。全て自分の手で果たすのが一番楽で、手っ取り早い。他人に頼るのはどうしても遠回りに思えてしまう」

「……そうですね」

「だけれども、自分のためには他人を頼って、信じてあげないとダメなのよ。人の輪の中にいたいのなら、それが大事」

「……わかっていても、信じられなかったら？」

「その時は助けてあげればいいのよ。ただ、助け方は考えた方がいいわね」

「助け方を？」

「私だったらその人がいつか信じられるように、それだけの強さを得られるように背中を押すわ。別に今じゃなくていいのよ、いつか叶《かな》えばそれで十分。幸い、私は待つことが出来るから」

待つことが出来る。それをリュミが言うのは、とても重たいと感じます。

そう思ったことが顔に出ていたのか、リュミはクスクスと笑い出しました。

「悩むのはいいけど、悩みすぎないことね。私の正解がユフィの正解ではないわ」

「悩みすぎない、ですか。難しいですね……」

「自分の考えを信じられるようになりなさい。自分が導き出した考え方で、自分が信じた根拠を持つのよ。私たちは同胞ではあるけれど、どこまでも他人なの。私は私の考えで、貴方は貴方の考えで生きなきゃいけない」

「……リュミは、やはりアニスに似ていますね」

ふと、そう思いました。自分で考えさせるという姿勢は、どこかアニスに通ずるものがあるような気がします。

すると、リュミは何だかくすぐったそうな表情を浮かべました。

「そう？　……そうね。だから私はここに残ろうと思えたのでしょうね。さっきも言った通り、私が共存出来ると思っている理由はアニスなのだから」

「アニスが理由……？」

「あの子は魔法を尊くて素敵なものだと思っている。人が前に進むための力、希望の象徴になれるって。それは私がそうあって欲しいと未来に託した願いとよく似ているの。だから見ていて楽しくなってくるのよ」

心底楽しそうに、誇らしそうに、そして、微笑《ほほえ》ましそうに。

アニスに向けた愛情を感じます。けれど、不思議と嫉妬するような気持ちは湧いてきませんでした。

アニスに好意を向ける人を見ると、つい嫉妬をしてしまうのですが、リュミには湧いてきません。きっと、それはリュミが私たちを子どものように見守ってくれているからなのだと思います。

「もっと貴方たちを見ていたいと、そう思ってしまうの。もしかしたら、貴方たちは私の夢になってくれるかもしれない。それを確かめたいから」

「リュミ……」

「だから少しは甘えてくれていいのよ。あの子の代わりに側《そば》にいてあげるわ」

「……リュミはアニスの代わりになんてなれませんよ」

「あら、私じゃ物足りないかしら？」

からかうようにリュミが笑います。でも、私は静かに首を左右に振りました。

「リュミだから、側にいてくれてありがたいと思うんですよ。アニスの代わりになる必要なんて、最初からありません」

「……そう。それなら良かったわ。どうせ眠れないのでしょう？　色々とお話をしましょう。何でも聞いてあげるわよ」

「ありがとうございます、リュミ」

この眠れない夜に貴方がいてくれて、本当に良かったと思います。

＊　＊　＊

「ユフィリア様、暫《しばら》く政務はお休みしましょう」

「レ、レイニ……？　そ、それは流石《さすが》に……」

「休みましょう！」

一夜明けて、私はレイニに自分の状態を伝えました。最初はショックを受けて愕然《がくぜん》としていたレイニでしたが、すぐに決意を滲《にじ》ませた表情でそう告げました。

流石に休みまで取るのはどうかと思ってレイニを宥《なだ》めようとしましたが、レイニの意思は固いようで、私の反対など聞いていないかのように各所へ連絡を回しました。

私の不調はあっという間に広まり、皆が声を揃《そろ》えて休みを取るように言ってきました。

「皆、過保護ではありませんか……？」

「そんなことはありません、これはユフィリア様の一大事です！」

「レイニの言う通りよ。今のユフィリア様に政務を任せるだなんてとんでもないわ」

すぐさま離宮に顔を出したティルティがレイニに同調して頷《うなず》きました。若干、呆《あき》れたような目で見てくるので視線を合わせづらいです。

そんな私たちの様子を見て、リュミが微笑ましそうに見てくるのも落ち着かないです。

「頼れる時には頼ってください。皆、ユフィリア様にだけ辛《つら》い思いをさせたいなんて思わないんですから」

「……そうですね。まずはしっかり休みを取ろうと思います」

「そうしなさい。精霊契約者の体調管理については私も聞いておいてあげるわ。……あまり気は進まないのだけどね」

「貴方、私のこと苦手そうだものね」

リュミがクスクスと笑いながらそう言うと、ティルティは何とも言いがたい表情を浮かべました。

「どうして苦手なのかしら？　私が色々と知ってそうだから？　それとも、ユフィリアも言っていたけれど私がアニスフィアに似てるから？　どこか面影があると相手にし辛《づら》いのかしら？」

「……そうやってずけずけと踏み込んでくるところは本当にそっくりですよ」

「別に心から私を敬っている訳ではないでしょう？　畏《かしこ》まらなくてもいいのよ？」

楽しげに笑うリュミに対して、ティルティは嫌そうに表情を歪《ゆが》めました。調子が狂ったのか、無造作に髪を掻《か》き混ぜています。そんなティルティの様子を意に介した様子もなく、側へと寄っていきます。

「ティルティだったわよね。今度からちょっかいかけに行ってもいいかしら？」

「はぁ⁉　何でよ⁉」

「だって、貴方はユフィリアの面倒を見るのでしょう？　今までは必要としていないから口を出してこなかったけれど、精霊契約者の性質と向き合うなら症例や、その対処についての知識が欲しいでしょう？　それとも全部自分で確かめる？」

リュミがそう言うと、ティルティは忌々《いまいま》しいと言わんばかりに舌打ちをしました。

「……アニス様以上に性質《たち》が悪いお人好《ひとよ》しね」

「それだけ年を食ってるということよ。まだまだあの子は若くて青いわ。それは貴方もそうでしょう？　それとも、ユフィリアのために人生をかけてまで自分で調べるというのなら黙って引くけれど、ねぇ？」

「……チッ！」

「私にお人好しと言うけれど、貴方も十分過ぎる程にお人好しでしょうね」

「あぁもう、どうしてこうなるのよ！」

ティルティは勢いよく片手を顔に当てて、そのまま呻《うめ》き声を上げます。そんな様子を見ていると、あまりにも申し訳なくなってきてしまいました。

「ティルティ、貴方の迷惑になるなら嫌だと言うなら断ってくれても……」

「断る理由が、コイツを嫌いだってことしかないのよ。それだけなのに断れる訳がないでしょう？」

「ふふ、私は貴方《あなた》と仲良く出来る自信があるのだけど？」

リュミの言葉にティルティの頰がヒクヒクと震えました。視線だけで人を殺せるなら、と言わんばかりの鋭い視線をリュミに向けています。

けれど、リュミはまるで怖くないと言うように余裕の笑みを浮かべています。

「あら、怖い怖い。私は貴方に好意を抱いているのだけどねぇ？」

「はん！ 私のような奴《やつ》に好意を抱くだなんて、相当な変わり者だわ」

「ええ。私はそんな貴方だからこそ、好意を抱いているのよ？」

ニコニコと微笑むリュミ。それに対して青筋を立てながら歯をギリギリと鳴らし始めるティルティ。

「……あの二人、一緒にしてて良いんでしょうか？」

「どう、でしょうか。どちらも悪い人ではないですし、大丈夫だと思いますが」

「……本当にそう思います？」

レイニが縋《すが》るように私を見つめてきますが、視線を向けられても困ります。リュミは私が言って止まるような人ではないですし……。

そんな話をしていると、ティルティが髪を乱暴に掻き混ぜながら声を荒らげました。

「あぁもう、本当に面倒なことになったわ！　どこぞの暴走した西部の奴等《ら》、覚えてなさいよ！　絶対にいつか報復してやるわ……！」

「物騒なこと言わないでくださいよ……」

ここで西部と関係を揉《も》めたら大変なことになりそうなんですから。

だから、私はまさかティルティ以上に面倒を起こしそうな人が現れるだなんて想像もしていなかったのです。

「──もう、西部は潰しちゃおうか」

──まさか、全ての事情を知ったアニスがそんなことを言い始めるだなんて。

３章　怒れる破竜

　私が療養と称して部屋に引き籠もらざるを得なくなった後、レイニから急遽《きゅうきょ》知らせを受けたアニスが魔学都市から戻ってきました。

　しきりに心配するアニスは私から事情を聞き終えた後、静かに微笑みました。

「そっか……そんなことがあったんだ」

「はい……ご心配をかけて申し訳ありませんでした」

「ユフィが悪い訳じゃないでしょう？　気にしないでいいよ」

「ええ……それはそうなのですが……」

　私があの一件について頭を悩ませていると、レイニに察知されてしまうので考えないようにしていました。

　もし例の一件に思いを巡らせれば、どうしても頭を悩ませてしまいます。心労がかかっていると判断されれば、レイニが気を回して色々としてくれるのですが、それもまた心苦しかったので、静かに過ごすように意識していたのです。

この話題に触れれば私はどうしても気が沈んでしまいます。けれど、触れなかったからこそ思い至らなかったのかもしれません。

その話を聞いた時のアニスを。その想像を、私はあまりにも甘く見積もっていたと悟ったのは、アニスの次の言葉を聞いた瞬間でした。

「――もう、面倒だな」

とても静かな、けれど確かな重さを感じられる呟《つぶや》きが響きました。

息を吐くように零《こぼ》れだした言葉は、今のアニスの心情を映し出したものでしょう。

その言葉を聞いた瞬間、私の脳裏には警告のように嫌な予感が駆け巡りました。

何かがおかしい。でも、何がおかしいのかはっきりしません。異常があると、見落としてはいけないと、私の感覚がそう訴えているのです。

それが何か確かめようと、私はアニスの様子を窺《うかが》いました。深く俯《うつむ》くように頭《こうべ》を垂れていたアニスはゆっくりと顔を上げます。

顔を上げたアニスの表情に浮かんでいたのは、どこまでも億劫《おっくう》だと言わんばかりの失望でした。

「……アニス？」

不安になって、彼女の名前を呼びます。

けれど、私の声が届いているのかどうかすらわからない程に反応がありません。

かと思えば、アニスは急に私に向かって柔らかく微笑《ほほえ》みました。

けれど、私は全く落ち着くことが出来ません。

何故《なぜ》ならば、アニスの目が一切笑っていなかったから。

「ユフィ、暫く休んでなよ。後のことは私が全部やるよ」

「……アニス、何を言ってるんですか？」

「喧嘩《けんか》を売られたのは私だ。だったら、私がケリをつけるのは当然でしょう？」

「待ってください、アニス」

「大丈夫だよ」

「何がどう大丈夫なんですか？　アニス、貴方は一体何をしようとしていますか？」

思わず手を伸ばしてアニスの手首を摑《つか》んでしまいます。その手を、アニスはそっと優しく解こうとします。

そうはさせないと手に力を込めて、アニスの手を強く握ります。私がそう簡単に離そうとしないことを理解したのか、アニスは解かせようとしていた手を離しました。

「間違ってたんだ」

「……何が、ですか」

「全部間違ってた。私が甘かったんだ。……そりゃそうかもね。夢を叶《かな》えられそうだからって緩くなりすぎてたかな。いや、元々考えが足りてなかったのかもしれない。自覚も、覚悟も、何もかも半端《はんぱ》でいい加減だった。今、それをどうしようもなく痛感してる」

それは、まるで自分に言い聞かせるかのような呟き。それを聞く度に私の不安は増していきます。

どうして、そんな自分を追い込むような言葉を繰り返すんですか。

「これは私の咎《とが》だ。その責任をユフィに取らせる訳にはいかない。だから大丈夫、後は私が全部片付けるから」

「アニス、一体何をしようとしているのか説明してください。それを聞くまで私はこの手を離すつもりはありませんよ?」

アニスは私の目を見るように視線を向けました。表情だけは柔らかいのに、その目だけは常ならない様子のままです。

こんなアニスの表情を、私は見たことがありません。だから、何もわからなくて不安になるのでしょうか。

……いいえ。私はアニスが口にするまで、その現実を直視したくなかったのでしょう。

「――ユフィ、西部は潰そう」

……あぁ、と。私の喉から呻《うめ》き声と共に息が零れました。

これは、不味《まず》いです。どうしようもなく不味い。たらりと汗が滲《にじ》み出てしまう程に。

――私が見たことがない程に、アニスが激怒してしまっている。

「待ってくださいアニス、落ち着いてください」

「私は落ち着いてるよ」

「落ち着いてたらそんなこと、言わないですよ？」

「だからこそ言うんだよ。こんなの、どうやってもユフィを煩わせるだけだ。どうしようもない、表沙汰になってしまった以上、なかったことにも出来ない。だったら渦中《かちゅう》にいる私が解決しなきゃ、そうでしょう？」

「それがどうして西部を潰すという話に……！」

「救えないよ、こんなの何をどうしたって救えない。どうにもならないなら、潰す以外にどうしろっていうの？」

どこまでも冷え切った声でアニスはそう言いました。

浮かべた笑みはいつもの笑みではなくて、見ているだけでゾッとしてしまいそうな冷笑です。自分に向けられた蔑みではないとわかっていても、身体《からだ》が震えそうになります。

いつもは太陽のように暖かい彼女の温《ぬく》もりが感じられません。ただ冷たくて、喉に刃《やいば》を突きつけられているような錯覚すら感じます。

私の震えに気付いていないのか、アニスは淡々と言葉を続けました。

「今回問題になったレグホーン伯爵だっけ？　彼だけを裁いても西部の腐敗を黙認したことになりかねない。じゃあ、レグホーン伯爵の訴えで西部を裁いたという格好になっても要らぬ前例を作り出してしまう。じゃあ、会議に参加した西部の貴族だけを裁けば良い？　それをやるなら西部そのものに手を加えないと筋が通らない」

「……それは」

「こうなったら、もう全部やりきるしかない。半端な真似《まね》は出来ない。ここで甘い対応をしてしまったら、逆に私たちの評判も落ちる。だから西部は潰すしかない。それをすべきなのはユフィじゃない。――私だ」

きっぱりとアニスはそう言った。その目には不穏な光が宿っていて、本気であることが伝わってきます。

この人は、やると言ったら本気で西部を滅ぼすつもりです。そんな覚悟を決めていることを嫌でも理解させられました。

「喧嘩を売られたのは私だ。レグホーン伯爵が私の功績を嘘《うそ》だと言うのなら、真っ向から叩《たた》き潰すしかない」

「アニス！」

「そもそも、国が纏《まと》まらない要因になっているのも私が魔法を持たないからだ。またその話だ。いつまでも、いつまでも付いて回る。……うんざりしてきたよ」

アニスが吐き捨てるように告げた言葉に、私は一瞬言葉を失ってしまいました。

今までのアニスなら、仕方ないからと力なく笑うばかりでした。でも、今の彼女は違います。

「私が甘かったんだ。これ以上、魔法と伝統にばかりに拘《こだわ》る貴族たちを野放しにしていたら、同じことが繰り返されてしまうかもしれない。だったら、もう根元から全部潰すしかないでしょう？」

「それを、私が許すと思ってるんですか⁉」

あまりのことに、私は叫んでしまいました。今のアニスはあまりにも残酷です。慈悲なんて一欠片《ひとかけら》もない。淡々と、冷徹に、そして静かに。

その姿は、アルガルドと対峙《たいじ》した時の彼女をどうしても思い出してしまいます。感情を殺して、為《な》すべきことだと淡々と処理をするように話を進めようとする。

それは、私が最も見たくなかった彼女の姿でした。その姿が私の胸を掻《か》きむしるような痛みを与えます。

「私は、そんなことを貴方《あなた》にして欲しいなんて思ってません！ そもそも、そんなことになったら一番傷つくのは誰だと思ってるんですか⁉ 貴方でしょう、アニス！」

肩を掴んで、私は訴えました。けれど、アニスは静かに私を睨《にら》み返しました。

怯《ひる》みそうになるのを堪《こら》えながら、私は真《ま》っ直《す》ぐに視線を合わせます。その瞳が激情に揺れているのが嫌でもわかってしまいました。

「じゃあ、私が傷つかないためにユフィを犠牲にしろって？」

「そのために、私は王に……！」

「そうだね。ユフィとそう約束した。無理も多少は許すと言った。でも、これは許容範囲を超えてる。私は西部を許しておけない」

「アニス！」

「……こんなに失望するぐらいなら、最初から何も期待しなければ良かった」

堪えかねたかのように零れた失望の声に、私も引き摺《ず》られそうになりました。

いっそ、私もこの感情に身を委ねられればどれだけ楽でしょうか。アニスの気が済むまで好きにさせればいいと。

それで結果的にこの国が滅びても、仕方ないことでしょう？

だって、そうじゃないですか。こんなにも国のためを思い、自ら身を引いて、酷《ひど》い風評まで立てられても淡く微笑むだけで、自分には資格がなかったから仕方ないと言う。

その資格を誰よりも尊び、憧れ、欲《ほっ》していたのに。ようやく手にしたものを認めて貰《もら》えず、どれだけ辛《つら》い思いをしたのか想像も出来ません。

それを思えば、いっそここまで堪えてくれたことが奇跡でしょう。だったら、もう良《い》いのではないかと思ってしまうのです。彼女がこの国の滅びを招いたのだとしても、当然のことだろう、と。

……だけど、それでも。強く噛《か》んだ歯が不快な音を奏《かな》でました。歯が欠けても構わないと思うまで噛みしめて、感情に流されそうになるのを堪えます。

やはり、それだけはダメなのです。アニスに失望させてはいけない。そう誓ったのは、他でもない私なのですから。

「ダメです、アニス」

「……離してよ、ユフィ」

「嫌です、絶対に離しません！　もし、今の貴方を止めなかったら一生後悔させることになります！」

「もう、してる」

アニスの目は、仄暗《ほのぐら》いものへと成り果てていました。

浮かべている笑みは力がなくて、どこまでも重苦しい。笑顔なだけで何もかもが空虚に感じてしまいます。

これが、諦めてしまったアニスなのでしょうか。こんな姿になってしまうのでしょうか。

それを思えばアニスを摑む手にも更に力が入ります。

「後悔なら、もう昔からずっとしてる。それでもって飲み込み続けてきただけだ。でも、あとどれだけ飲めばいい？　あとどれだけ我慢したら、私の望みは叶う？　あとどれだけ頑張れば、私は安心して胸を撫《な》で下ろせる？　……教えてよ、ユフィ。私が心から全てを許せる日はいつ来るの？」

「……それは」

「そんな日は、このまま待ってたって来ない。だから変えようと思った。でも、出来るだけ血は流したくない。父上たちが守ってきたものを私も守りたかった。でも、結局ダメなんだよ」

「そんなことはありません！　まだ、まだ私たちは何もかも始めたばかりではありませんか！　だから……」

「本当に？　これからだって言える？　信仰を重んじるのはまだいいよ。この国を支えてきた文化であり、象徴だ。これがなければ国が纏まらなかった。精霊信仰があったから、今日まで国が続いてきた。それは間違いないことだよ」

俯《うつむ》きがちに視線を下げてしまったせいで、アニスの表情が見えなくなってしまいます。

私の手にアニスの手が重ねられました。その手を血が通っていないのではないかと思う程に冷たく感じてしまったのは、私の気のせいなのでしょうか。

「でも、時代は変わった。王族も、貴族も、平民も、何も変わらずにはいられないんだ。世界は不変ではいられないから」

「アニス……」

「時代には流れがある。その流れを、私は悪《あ》しきものにはしたくなかった。そうならないようにと自分なりに足掻《あが》いてきたつもりだった」

ふっ、と。アニスが鼻を鳴らして笑いました。ゆっくりと上げた顔に浮かんでいた表情は――嘲笑。

「その結果が、これ？　笑えてくるよ」

これは、誰に向けた嘲笑なのでしょうか。

弁《わきま》えぬ貴族たち？　この国そのもの？　それとも……自分に向けたもの？

脳裏でずっと警鐘が鳴らされているようで、目眩《めまい》がしてきました。何かを言わないといけないのに言葉が出てきません。

「私がそんな甘い考えだったから、ユフィをこんなに辛い目に遭わせてしまった」

「アニス、私は……！」

「ユフィが私のために背負おうと思ってくれたのは嬉《うれ》しい。だから私もユフィが女王であることを応援したいし、支えたい」

私に向ける声は、とても優しい。

でも、同じぐらいに虚《むな》しいと思える響きがあった。

「西部の貴族たちは、そもそもユフィを敬う気すらないとしか思えないよ。ただの都合の良い信仰の道具ぐらいにしか思ってないんじゃないの？　仕えるべき主君だと思ってすらいない。もしも、そんな思想が蔓延《はびこ》るようになっているのなら、もう結果が見えているでしょう？」

「それは……」

アニスの言っていることは、否定出来ません。

以前から私に対して都合の良い理想を見いだそうとする人はいました。その度に忠告をしてきましたが、あそこまで話が通じない相手は初めてでした。

私自身、失望を感じなかったと言えば嘘になります。こんな人たちのせいでアニスが苦しめられていたのかと思うと怒りすら覚えました。

でも、アニスなら。それでも何とかするのではないかと思ったのです。そう思ってしまえば私だって堪えざるを得ません。

……だから、わかっているのです。アニスが諦めてしまいたいという気持ちを。

でも、それを認めてしまったら……私はどうすれば良いんですか？

「私が侮辱されたのは、むしろ都合がいい。私が全部、始末すればいい。ユフィを悪者にしなくて済む。私に喧嘩《けんか》を売ったから滅ぼされた。もう、それでいい。改心も改革も望みなんかしない。一回全部、取り払ってしまえばいい」

「そんなことを言わないでください！　お願いですから、落ち着いてくださいアニス！　貴方は今、冷静さを失ってるんですよ！」

「──じゃあ、このまま黙ってろって言うの⁉」

空虚に熱が灯《とも》ったかのように、アニスの怒りが弾《はじ》けました。その怒りによって私の身体《からだ》は先程よりも震えだしてしまいます。

アニスの感情に反応したのか、ドラゴンの魔力の気配がします。それは強烈なまでに噴き出て、空気を震わせました。まるで空気そのものが悲鳴を上げているかのようです。

そんな中でアニスの瞳が徐々にドラゴンのものへと変わっていくのが見えました。いけない、これは本格的に我を忘れ始めています……！

「私がコケにされるのは、まだいい。長い間信仰されてきた精霊信仰において私は失格と言われてもおかしくない存在だ。そこはどれだけ功績を重ねても、覆《くつがえ》せないものだ。その上で受け入れて欲しかったけど、それが出来ない人がいるのも理解は出来る」

ギリッ、と歯を噛みしめる音が鈍く響きました。今にも唇を噛み切らんばかりの勢いでアニスが虚空《こくう》を睨んでいます。

「でも、ユフィを利用して思うままにしようとするのは許せない。しかも、ユフィが不調になった原因？　そこまでされて！　私にこの怒りを抑えろって言えるの⁉」

「それは……でも！　それでも私は、貴方のそんな姿は見たくないのです！」

「私も、ユフィにこんなことになって欲しかった訳じゃない」

「アニス！」

あぁ、どうすればいいのでしょうか。何の手立ても思い浮かばず、涙が浮かんできました。アニスを止められなかったら、私は……！

――そんな中、アニスが撒《ま》き散らす暴威を意に介さぬ穏やかな声が聞こえてきました。

「頭を冷やしなさい、アニスフィア」

「リュミ⁉」

いつから部屋にいたのか、いつもの神出鬼没さでリュミが立っていました。アニスの気が逸《そ》れて、リュミへと視線が向けられます。その視線を受け流すかのようにリュミは手で己の髪を払うような仕草をしました。

「酷い顔ね、アニス。今にもこの国を滅ぼしそうな顔してるわよ、貴方」

「……だから何？」

「そんな怒りを撒き散らしてたら部屋の外にいる人たちも気付くわよ？　貴方の今の様子を見たらどんな噂《うわさ》が立つのかしら？」

「……うるさい、そんなことわかってる！」

「ええ、貴方は馬鹿じゃないもの。普段だったら気を配れるでしょうね。それなのに出来てないじゃない。つまり冷静じゃないってことよ」

「冷静になんてなれないよ！　だって、ユフィが……！」

今にもリュミに噛みつきそうな勢いでアニスが言い放ちます。すると、リュミが目を細めてから窘《たしな》めるように告げました。

「ユフィが大事だと言うなら、尚更《なおさら》頭を冷やしなさいな。今、この子には貴方《あなた》以外に縋《すが》るものがないのに、他でもない貴方が突き放すの？」

「突き放してなんか……！」

「じゃあ、ユフィリアの顔を見なさい」

リュミに指摘されても、アニスは私の方へと視線を向けませんでした。その代わりに拳を握りしめながら俯いてしまっています。

それを見たリュミは腕を組み、呆《あき》れたように溜息《ためいき》を吐《つ》きました。

「ほら、ユフィの顔が見られないでしょ？　自分が見せられないような顔をしていることを自覚してる」

「……うるさい」

「少しは周りが見えた？」

「うるさい！」

「そうねぇ、口煩《くちうるさ》いものねぇ。でも、耳に痛いでしょう？　自覚があるからよ」

「……くっ！」

「黙って欲しいのなら口出しされないように振る舞いなさい。出来ないから言われるのよ。まずは深呼吸でもして落ち着きなさいな」

リュミの言葉を受けて、アニスは何も言い返せないまま口を閉ざしました。

それからアニスは大きく深呼吸をしました。その度に空気を震わせていた怒りが静まり、静寂が戻ってきます。

ようやく静かになったところで、リュミは満足げに頷《うなず》いてからアニスに近づき、彼女の肩を叩《たた》きました。

「よく出来ました」

その顔には、母性を感じさせる満面の笑みが浮かんでいました。

「……」

「落ち着いたのなら、ユフィとちゃんと話し合うことね。貴方たちはお互いに大事に思い合ってるんでしょ」

「……」

「アニスフィア。別に怒るな、なんて言わないわ。でも、一時の感情で繋《つな》がりを断ち切るような真似《まね》は勿体《もったい》ないわ。それこそ一生後悔することになる」

「……わかってる」

「そう、ならユフィとゆっくりすることね。貴方も急いで王都に戻ってきて疲れてるのよ。お互いに甘え合いなさいな」

そう言ってから、リュミは手をひらひらと振りながら部屋を退室していきました。

閉じられた扉を暫《しば》し見つめていましたが、意識をすぐにアニスへと向けます。

アニスはやや俯きながら項垂《うなだ》れていて、先程のこともあって声をかけづらいです。

それでも今のままでいるのはもっと嫌なのです。意を決してアニスに声をかけようとしたところで、彼女は私の方へと倒れ込むように寄ってきました。

咄嗟《とっさ》に抱き留めるように身を固めてしまい、動けなくなっているとアニスが私の身体を強く抱きしめてきました。

「……アニス？」

アニスは何も言いませんでした。ただ、私を抱きしめながら震えています。

私はそれから何も聞かず、アニスを抱きしめ返しました。私が抱き返すと、一瞬アニスの身体が震えました。それに気付いてないフリをしながら、互いに抱きしめ合います。

どれだけそうしていたでしょうか。ぽつりと、アニスが口を開きました。

「……ごめん。頭に血が上ってた」

「仕方ありません。立場が逆だったら、私も同じように怒っていました」

「……ユフィに、申し訳なくて」

「私は大丈夫ですよ」

「大丈夫だって、そう言わせてしまってるんじゃないかって辛《つら》くて」

「……そんなこと」

ない、と言おうとしたところでアニスの身体が震え始めました。握る手の強さが縋るように強さを増して、更に距離が密着します。

アニスの顔は見えませんが、まるで泣いているかのようです。

「このまま一生、ユフィの感覚が戻らなくなってしまったらどうしようって……そうなる前に、もう全部終わらせちゃおうか、なんて思っちゃって」

「……私のせいです、ね」

私が弱ってしまったから、アニスはそう思ってしまった。彼女を前後不覚にさせてしまうだなんて、それが私にとって何よりも辛い。

彼女に望まない選択をさせないために、私は精霊契約を望んだのに。なんて不甲斐《ふがい》ないのでしょうか。

けれど、そう思うことすらもアニスは気にしてしまうのでしょう。

アニスは顔を上げないまま、首を小さく左右に振りました。

「ユフィに自分が悪いって思って欲しくない」

「ですが……」

「ユフィは被害者なんだ。悪いのはユフィじゃない。それなのに、どうして自分が悪いだなんて思うの？」

納得がいかないと言うようにアニスが顔を上げる。やはり、その頬には涙が伝っていました。

「相手の言ってることは言いがかりのようなものだし、身勝手だし、受け入れられないよ。それなのに受け入れられなかったことを自分が悪いみたいに考えないでよ」

「……それを貴方が言うんですか？　アニスだって、自分が悪いんじゃないかってずっと飲み込んできたじゃないですか」

私なんかより、アニスの方がずっと辛かった筈《はず》なのに。

それなら、私だって耐えなければいけない。アニスにこの苦しみを負わせないために、私はこの道を進むと決めた。けれど、それが結局アニスを傷つけてしまっています……。

「……逆の立場になって、初めてわかった。理解したつもりになってた。でも、わかってなんかいなかった。こんなの、耐えられないよ」

「アニス……」

「自分のことなら、まだ我慢出来る。だけど、大事な人が苦しんでて、でもそれを無理にでも飲み込もうとしてるなんて、どうにかしたくなっちゃう。何も出来ることなんてなくて、何も望まれなくて、自分が嫌になりそうになる……」

アニスはまた私に顔を埋《うず》める。そんな彼女の背を優しく撫《な》でながら、落ち着かせるように囁《ささや》く。

「お互い様、ですよ。お互い様だから……人は支え合うんだと思います。私がアニスを心配するように、アニスも私を心配してくれてたんですね。だから怒るし、納得がいかないし、相手に気持ちが通らなかったら苦しくなって、何かしなきゃいけないって気が逸《はや》ってしまう……」

「うん……」

「アニスのことを私は責められません。怒ってあげられません。だって、嬉《うれ》しいって思うんです。こんなに心配してくれて、申し訳ないのに心が温かくなってしまうんですよ」

「……ごめん」

「ありがとう、アニス」

「ごめんね……！」

「私は、大丈夫ですよ」

「うぅ、うぅっ……！　ごめ、ごめん、ごめんねぇ……！」

震えながら、アニスは何度も謝ってきました。その声があまりにも幼くて、迷子の子どものように思えて仕方ありません。

「不安だよね、怖いよね。人でなくなっちゃって、普通からどんどん離れていくなんて、そんなの平気じゃないのに……！」

「アニスも、そうじゃないですか」

「自分が我慢出来るからって、同じ我慢をユフィにさせたかった訳じゃない……！」

「そうですね、私もそう思います」

「全部、自分に返ってくるんだ……！　ユフィにどんな思いをさせてきたのか、わかってしまうから……！　こんなにも今、苦しいんだ……！」

こんなに泣いているアニスは、アルガルドがいなくなって王位継承権を復権させた時以来でしょうか。

それを思えば、本当に申し訳ないと思います。けれど、それなのに私は頬が緩んでしまいそうになるのです。

「ごめんなさい、アニス。……泣きたくなってしまいそうな程、嬉しいって思ってしまうんです。貴方が私を想《おも》ってくれることがわかるから」

「私も、ユフィにたくさん想って貰《もら》ってる……！」

「幸せですね」

「……幸せだから、辛いんだよ。夢なんか見なきゃ良かった。私の夢がユフィを壊してる。そんなことを考えたら貴方を傷つけるってわかってるのに、そう思う気持ちが止められないんだよ……！」

「……そんなこと、思わないでいいんですよ」

「じゃあ、だったらこの憤《いきどお》りはどうすればいいの……！」

アニスは声を震わせるけれど、私は何も言えません。

だって、それを言ってしまえば私だって同じ思いに囚《とら》われてしまうから。

アニスを傷つけてきた人たちを、アニスを傷つけ続けるこの国をなんで守らないといけないんですかと。

そんなこと、口にすればアニスを傷つけるとわかっているから言えないだけで。

「わかってる、わかってるんだよ……それでも、私は嫌なんだ……」

「……そうですね」

「いつか、ユフィが言ったよね。自分だけが傷になればいいって」

「……そんなことも言いましたね」

「私も同じことを思った。ユフィを傷つけるのは、私だけでいいって。ユフィは、どんな思いでそう言ってくれたの……？」

「……アニスには自分らしさを失って欲しくなかったんです。貴方《あなた》のことを思いもしないどうでもいい人たちのせいで惑って欲しくない。それなら私が貴方を傷つけてもいいから、前を向いて欲しかったんです。何も諦めなくていいんだって、そう言いたかった」

私がそう言うと、アニスの目の潤みが一層増してしまいました。

ボロボロと大粒の涙が零《こぼ》れていって、アニスの表情が悲しげに歪《ゆが》みます。そんな表情をさせたくなかった筈なのに、その涙が自分のために流されているのだと思うと何とも言えない思いが胸を満たしていきました。

「私の諦めが悪いから、色んなものを失ったって思わないの？　それが嫌だって思わないの？　本当に後悔してないの？」

「そんなこと思えないですよ。それは私が望んだ自分の存在意義への裏切りですから」

「私がユフィに選ばせちゃったんだね」

「ええ、貴方が選ばせてくれたんです」

「……呪いみたいだ」

「私には祝福でしたよ」

「でも……」

「アニス、大丈夫ですよ」

「……何が」

「私たちは、魔法という祝福を呪いにしないために誓い合ったじゃないですか。お互いに思い合っていれば必ず乗り越えられます。そのために手を取り合ったんです」

アニスの手を取って、指を絡《から》めながら私は言います。

「苦しくなったら支え合いましょう。私たちは、そうするべきだった」

「……ユフィ」

「ごめんなさい、貴方を苦しめるぐらいなら真っ先に貴方を呼べば良かった。苦しくて、怖いって言えば良かった。素直に甘えれば良かった」

「……そうだよ」

「……怖かったです。自分が、抑えられなくて、貴方の夢を、壊してしまいそうで」

「馬鹿……！　私の夢なんかより、自分のことを大事にしてよ……！」

「アニスだって、じゃあ私のために西部を滅ぼすようなことなんてしないでください」

「それじゃあ、この憤りは晴れないままじゃない……！」

「……ええ、苦しいですね。ただ思うままに振る舞えたら、どれだけ楽なんでしょう」

でも、私たちはその道を選ぶことはないのでしょう。互いの夢や想いが、互いを縛り付ける限り。

それは呪いのように思えるかもしれませんが、私は間違わないための祝福なのだと思いたいのです。

「私たちは自分で自分を戒めようとする誓いを立ててしまう。そうでもしないと、この腕から零れてしまいそうな程に大事なものを多く抱えてしまったから。それがとても大事だから、どれだけ苦しくても受け入れられます……」

「そう、だね……！」

「それすらも壊してしまえば、楽になれるかもしれません。それでも壊したくないから、傷ついてでも抱えようとしてしまう。……苦しいですね。それでも、私はそれで幸せなんですよ、アニス」

「……ッ、ぅう、ぅあぁぁ、あぁぁああっ、うっ、ぁぁあああ――ッ！」

アニスが声を震わせて泣いている。彼女を抱きしめる私の手も震えてしまっている。

それから私たちは何も言わずに、互いに震える身体《からだ》を寄せて支え合いました。

嵐が過ぎ去るのを待つ子どものように、互いに抱え込むように顔を伏せながら。

幕間《まくあい》　レイニの決意

私は、その扉がいつ開くのかと落ち着かないまま、息を潜めて廊下に立っていた。

ユフィリア様が体調を崩してしまい、それを連絡したらアニス様がすぐに戻ってきてくれた。それから二人で話したいということで部屋を出たのだけど……。

「本当に大丈夫かな……」

何かがおかしい、と思ったのはアニス様の気配が、一気に大きくなったから。

部屋の外にいても聞こえてくる怒声と、足が震えてしまいそうな程の殺気。アニス様の感情に反応してなのか、ドラゴンの気配すらも漂ってきている。

扉越しでも恐ろしいと感じるのだから、アニス様がどれだけ怒っているのか考えるだけで背筋が寒くなってしまう。

ユフィリア様は大丈夫だろうか、とハラハラしていたけれど、次第に気配が落ち着いてきたから、アニス様が暴発するということはないみたいだ。

それでも不安は消えない。そうして待っていると、扉が開いた。

姿を見せたのは思わぬ人物――リュミ様だった。

「リュミ様⁉」

「あら、レイニ。どうも」

リュミ様はいつも通り、摑《つか》み所のない微笑を浮かべて挨拶してくれた。

彼女とは、あまり言葉を交わしたことはない。アニス様とユフィリア様を除けば、昔の知り合いであるオルファンス先王陛下たち以外にはあまり声をかけない人だ。

私はユフィリア様の側《そば》にいることが多いから顔を合わせることはあるけれど、面と向かって話したことはない。

でも、なんでリュミ様が部屋から出てきたんだろう？　まだ部屋から出て来ない二人は大丈夫だろうかと、気だけが逸ってしまう。

そんな私の気配を察したのか、リュミ様がクスクスと笑う。

「暫《しばら》く放っておきなさい、二人っきりにしておけばその内落ち着くでしょう」

「アニス様とユフィリア様は大丈夫なんでしょうか？　アニス様が凄《すご》い怒ってたと思うんですけど……」

「ええ、とても怒ってたわね。今にもユフィリアに余計な負荷をかけた者たちを皆殺しにするんじゃないかって勢いだったわ」

「ですよね……」

私ですら、絶対に許せないと怒りを感じているのだから、もっとユフィリア様への思いが強いアニス様がそんな風になっても驚かない。

それでも、その恨みや辛《つら》みを素直に出すなんてしてはいけない。そう思っても心が追いつかない。思わず溜息《ためいき》が出てしまう。

「まぁ、アニスの暴走は私が止めておいたから安心しなさい。アニスの暴走を許したら、ユフィリアの体調が更に悪くなっていたでしょうしね」

「ありがとうございます、リュミ様」

「別にお礼なんて要らないのだけど……それなら、お礼代わりに一つ聞いてみてもよいかしら？」

「？　何をですか？」

「貴方は人ならざる者が国王であることに、不安を感じないの？」

「え……？」

リュミ様の問いかけに、私はすぐに答えることが出来なかった。

リュミ様は答えを待つように静かに見つめてくる。顔を合わせることはあっても、ここまで見つめられたのは初めてだ。

彼女のことはどうしても常人離れしていると感じてしまう。まるで何を考えているのか読み取れない。

ヴァンパイアの力を使って彼女の感情を探りたくなってしまったけれど、逆にそれすらも怖い。そんな風に感じるのは、長い時を生きてきた精霊契約者だからなのか。

答えられないままでいると、先にリュミ様が口を開いた。

「あの子たちは普通の人間じゃない。その気になれば、あっさりとこの国を滅ぼすことが出来るでしょうね。そうなったら私じゃ止められないわね。じゃあ、他に誰が止められるのかしら？」

「それは……」

「不安にならない？　そんな物騒で、常人からかけ離れた存在が国の頂点にいる。それがいつ自分たちに牙を向けるのかわからない。自分たちが理解出来ないことで激高することだってある。怖いわねぇ」

「……それは恐ろしいですが、ユフィリア様とアニス様なら信じることが出来ます」

「そう、素敵な答えね。でも、どれだけの人が貴方と同じように言えるのかしら？　貴方は側にいることが出来るからそう思える。そうじゃないかしら？」

「……それは、そうですね」

「距離が離れれば離れるほど、人となりというものは理解されないもの。それにあの子たちには圧倒的な力があるし、この国では大きな意味を持つ精霊契約者という肩書きもある。どれだけの人があの子たちの心の内を理解出来るかしら」

多くはないだろう、と思う。けれど、口に出すことは出来なかった。言葉にしてしまえば、その現実と嫌でも向き合わなきゃいけない。

それを理不尽だと思ってしまえば、それを二人に強いるこの世界に憤《いきどお》りを感じてしまうから。どうしてあの人たちのことをわかってくれないんだ、って。

「理不尽なものよね」

「……否定はしません」

人は、自分に理解が出来ないものを見ると恐怖を感じてしまうから。

だから遠ざけようとしたり、排除したりしようとする。それが人というものだ。

「だからユフィリアたちに自分が理解出来る存在であって欲しいと望むのでしょう。自分が望むままの存在でいてくれれば、恐怖など感じないのだから」

「……見てたんですか？」

「何を？」

「ユフィリア様が、その、お怒りになった時を……」

私が確認すると、リュミ様は首を左右に振りました。

「その現場は見てないわね。まぁ、話を聞いたら想像するのは容易《たやす》いけれど」

「そうですか……」

「私はね、ユフィリアたちの方針が間違っているとは思わないわ。でも、それが全ての人に受け入れて貰《もら》える訳ではない。精霊信仰に縋《すが》ってきたこの国を変えるのは簡単なことではないわ。試練の時ね」

「試練、ですか……」

「試されているのは、果たして誰なのかしらね？　あの子たちかしら、それともこの国そのものかしら」

ぽつりと、リュミ様はそう呟《つぶや》いてから目を伏せる。

「この国の行く末を握っているのは、間違いなくアニスフィアとユフィリアの二人。その二人は補い合うことで互いの暴走を防いでる。でも、それは酷《ひど》く危うい均衡だわ。その気になればあの二人は国を滅ぼすでしょう。それも全ては、愛故に」

「愛……」

愛する故に滅ぼしてしまう。納得してしまう言葉だ。

だって、アニス様がこの国を滅ぼす理由なんてたくさんある。

魔法を使えない王族としてずっと虐《しいた》げられ、貴族たちによって弟であるアルガルド様が心を病み、両親もただ只管《ひたすら》に苦労をさせられた。

恨む理由はあっても、アニス様には叶《かな》えたい夢があるからと復讐《ふくしゅう》を選ばなかった。そう、選ばなかっただけ。

アニス様は多くのものを愛していたから。家族を、魔法を、この国と民を。

憎しみより愛が上回った。だからアニス様は憎しみのままに振る舞うことはなかった。

――じゃあ、もしもそれが反転してしまったら？

憎しみが愛を上回ってしまったら、アニス様はもう止まらない。夢に向かって駆ける力が、全てを滅ぼすためだけに振るわれてしまう。そうなったらどうなるかなんて、想像をするのは容易い。

「あの子たちが理想を目指し続ける限り、どうしても向き合わなければならない問題よ。乗り越えられるかはあの子たち次第ね」

「……二人は大丈夫でしょうか？」

「さぁ？　どうでしょうね。ただ、先達として言わせて貰うなら、精霊契約を結んだ時点で何も大丈夫なことなんてないのよ。精霊契約は、いつか来る結末を受け入れる代わりに力を得ているだけ」

「いつか来る、結末……」

「人はいつか死ぬわ。どんな終わり方をするにせよね。その中でも精霊契約者の死というのは生易しいものじゃないのよ。生きているだけ、存在しているだけ。それを永遠と捉えるなら不老不死ね。魂だけになって、自分が誰だったのかも思い出せないまま世界に溶けて、その一部になる。それを貴方《あなた》は生きていると定義出来る？」

リュミ様の問いかけに、私は顔を顰《しか》めてしまった。

永遠。それは私にとって、呪いのように絡《から》みついてくる言葉だ。決して目を背けることは許されない、ヴァンパイアである私が抱えなきゃいけない業《ごう》そのもの。

普段はあまり考えないようにしているけれど、こうして触れられると気分が落ちてしまう。はぁ、と溜息を吐《つ》いて気を持ち直す。

「ごめんなさい、気を悪くしたかしら」

「いえ、気にしないでください。向き合わなきゃいけないっていうことは理解していますから」

「貴方たちは本当に立派ね。だからこそ可愛《かわい》らしいわ」

クスクスとリュミ様が笑う。態度こそ摑み所がないけれど、この人なりに私たちを案じていることはわかっている。でも、少し苦手かもしれない。

そう思っていると、リュミ様は笑うのを止めて神妙な表情を浮かべた。

「向き合うことは大事だけど、そんなに悲観することもないわ。貴方たちは支え合うことが出来るのだから。ユフィリアにはアニスフィアがいてくれたから良かったわ。あの二人が思い合っていれば私の思うような酷い末路は来ないでしょう。でも、それは互いに支え合っているという前提があればよ」

「あの二人が離れるとは思えませんよ」

「それはそうね。好き好んで離れることはないでしょう。でも、あの子たちが持ってる力は強大よ。ちょっと枷《かせ》を外すだけで世界を壊してしまえる。そうしないから人の世にいられる。でも、いつ排斥されてもおかしくないのよ」

排斥。リュミ様が告げた言葉に思わず肩が跳ねてしまった。

「常に強く自分を戒めてなければならない。力が強ければ強い程、その戒めは強くなっていくことでしょう。その分だけ、自分が壊れていくかもしれなくてもね」

壊れていくと聞いた瞬間、私は噛《か》みきってしまいそうな程に唇を噛んでしまった。

「自分を犠牲にしてでも叶えたい願いがあるから、精霊契約は為《な》されてしまう。そうして願いに縛られるまま、生きるしかなくなってしまう。わかるでしょう？　幸せになるのが難しくなるって」

「……はい」

「アニスフィアの力も破滅と隣り合わせよ。それでも、人は強大な力に縋ってしまうのかしらね」

ふと、その時だった。

扉の向こうから、泣き声が聞こえてきた。

アニス様が泣いている。まるで、縋り付く子どものように。

どうして、アニス様が泣かなければいけないんだろう。どうして、ユフィリア様が苦しまなければならなかったんだろう。

身勝手な理想の押し付け。アルガルド様の時と同じだ。まだ、この国は変わりきっていない。そうやって誰かを傷つける人がいる。

許せない。そう思う気持ちが歯軋《はぎし》りを鳴らせる。そうしていると、ぽつりとリュミ様が呟いた。

「……貴方はこの国がなかった方が良かったって思うことはない？」

「そんなことは……」

「世界は広いわ。魔法がなくても生きていける場所なんていくらでもあるものよ。いっそ魔法なんて捨ててしまったら、そもそも不幸なんて生まれなかったと思わない？」

「……私は、別にこの国が好きだと思ったことはありません。私も虐げられる側でしたからね。身分に拘《こだわ》ることに関しては思うところがあります」

「思うところがあるなら、滅んでしまった方がいいと思わないの？」

「思いません」

逡巡《しゅんじゅん》することもなく、すぐに答えることが出来た。

すると、リュミ様が私の方へと顔を向けた。まるで何かを見通そうとするような瞳が、私を映し出している。

「あっさり言うわね。どうして迷わなかったの？」

「この国で生まれたからこそ、大事な人に出会えたからです。だから、たったそれだけの理由で見限らなくていいかなって思うんです。特に、アニス様の魔法が人を呪うものではなく、人を祝うものであって欲しいという願いを応援したいですから。だから、私はそれでいいんです」

「……ふぅん、そう」

「まぁ……だからこそ、今回の一件には頭に来てますけど」

そこで漸《よう》やく苦笑することが出来た。すると、釣られるようにリュミ様も笑う。気が抜けたような柔らかな笑みだった。

「……幸せは永遠に続かないものだと、私は知っていたわ」

「……リュミ様？」

「何事も終わりが来るの。いいえ、どこかで終わらせたくなってしまうのかもしれない。それでも、私はこの国の行く先を見届けたい。最後にどんなに虚《むな》しくなっても、この国は私の大事な人が守り抜いた国だから」

ぽつり、ぽつりと零《こぼ》される言葉に、私は何も言えなくなってしまう。

その言葉を遮るべきではないと、何故《なぜ》かそう思ってしまったから。

「だから最後は美しいまま幕を閉じて欲しいなんて、それこそ過ぎた願いだわ。それでも、願いたくなってしまう。人ってどこまでも身勝手で、欲深い生き物よ」

「……そうかもしれませんね」

「だからアニスフィアとユフィリアを放っておく気になれなかったのかしら。あの子たちは私にとって……希望に思えてきたから」

「希望ですか？」

「私たちの願った国の行く末が、私たちの思った幸せではなくてもいいと思える日が来るかもしれない。私たちの思った幸せよりも先に行ってくれるかもしれない。そうしたら、私はもう要らないのだと、そう思えるかもしれない」

「……リュミ様は、死にたいのですか?」

「そうね……叶うのなら夢を見たまま、眠りたいわ。もう目を開けていなくてもいいんだと思いながら。それが、私の思う最上の終わり方ね。もう必要とされないんだと諦めるのではなくて、私がいなくても大丈夫なのだと終わりを選べるように」

リュミ様は穏やかに語る。その日がくれば良いと心から願うように。

「あの子たちの願いが私の願いの終着点であって欲しい。そう思ってしまったから、ここから離れるつもりにならないのね。これまでだったら、どこかで諦めがついて森に戻ってたんだと思うけど」

「森に帰らないでいてくれてありがとうございます。本当に助かりました」

もしリュミ様がいてくれなかったら、もっと状況は混乱していたと思う。本当にいてくれて良かった。

でも、同時にそれで良いのかと考える。リュミ様は精霊契約者は生まれない方がいいと言った。願いに囚《とら》われるまま、ただ存在し続ける。でも、その願いが必ず望んだ形で成就《じょうじゅ》する訳ではないと考えると、それは業の深いことだと思う。

ユフィリア様も同じ考えなんだろう。だから二人とも、精霊契約者は生まれない方がいいと言うのだと思う。

それなら、私が出来ることは何だろう？　精霊契約者が生まれてしまわないためにはどうすればいいのか。

ユフィリア様が精霊契約を果たしたのはアニス様のためだった。アニス様を苦しめていたのは、この国の在り方そのもの。腐敗してしまった貴族たちの問題だ。それなら、やるべきことは……。

そうして思考を巡らせていると、リュミ様が笑みを浮かべたまま問いかけてきた。

「貴方は、これからどうするの？」

「……どうするとは？」

「何か動き出したくて堪《たま》らないって気配がしてるから」

「わかりますか」

「わかっちゃうわねぇ」

リュミ様と言葉を交わしていると、何だか笑みが込み上げてきた。

うん、確かに動き出したくて仕方ない。このままでいたくないから。

「私は自分に出来ることをします。このままユフィリア様とアニス様に任せっきりには出来ませんから」

「そう。なら、頑張りなさいな。二人の様子は私が見ておいてあげるから」

「ありがとうございます、リュミ様」

私はリュミ様にお礼を告げて、その場を離れた。

すると、丁度良いタイミングで捜そうと思っていたイリア様が姿を見せた。

「レイニ」

「イリア様、ナヴル様たちの案内をありがとうございます」

アニス様が二人で話したいと言って退室して貰《もら》った後、ナヴル様たちの案内はイリア様にお願いしていました。

彼等《かれら》に用が出来たので、丁度そちらに向かおうと思ったところでイリア様と会えたのは良かった。

「私から出来る限り状況を説明しておきました」

「ありがとうございます。少し話があるので、お茶の用意をお願いしても良いですか？」

「わかりました」

イリア様にお茶のお願いをした後、私はナヴル様たちが待機している部屋へと向かう。

中に入ると、ナヴル様が真っ先に私に視線を向けました。彼は険しい表情を浮かべて、私に問いかけてきた。

「レイニか。アニスフィア団長とユフィリア女王陛下は……？」

「まだ部屋で二人で話しているみたいです。話を聞いてアニス様が怒ってしまったみたいですけど……」

「あの気配は、やはりアニスフィア団長の気配だったか……」

「……おっかないぜ。ここにいてもビリビリ伝わってくる程だぜ？　どんだけ怒ってるのか想像するだけで震えてきちまう」

　ナヴル様が顔を顰《しか》めて、ガークさんは腕を抱きかかえるようにして摩《さす》っている。

　確かに、あの殺気を感じた時は私も生きた心地がしなかった。それを思えば苦いものが込み上げてくる。

「……アニス様があのままお怒りだったら、西部の貴族を手にかけに向かっていたかもしれませんね」

「そこまでお怒りか……いや、話は聞かせて貰った。納得したが、頭が痛いな……」

「というか、アニス様が本気で怒ったら誰が止められるんだよ？　馬鹿な真似《まね》は止《や》めてくれよな。一体、何を考えてるんだか……」

　ナヴル様は憂鬱そうに目を伏せている。ガークさんは今にも舌打ちしそうな様子で悪態を吐《つ》いてる。気持ちはよくわかる。だからこそ、動き出さなければいけない。

「皆さん、申し訳ありませんが協力をお願い出来ますか？」

「協力？」

「二人にはもう少し二人っきりの時間を過ごさせてあげたいですが、今回の一件を放置するのも良くないと思っています。ですので、私たちで出来る限りの準備をしておきたいので。そのためにもラング様たちも呼んで話し合いたいと考えています」

私の言葉を受けて、ナヴル様が目を軽く見開いて丸くした。私からそんなことを言い出すのがそんなに意外だったかな？

「レイニ。それは、西部の貴族への対応を話し合っておくということか？」

「はい。どの道、何かしら手を打つことは必要でしょう。だからあの二人が動くと決めた時にすぐに動き出せるように準備を調えておきたいんです」

「そのためにラング殿たちを呼ぶ訳か……」

「はい。可能であれば、この後すぐにでも」

ラング様たちは来れるかな？　後始末をお願いしてしまっているから大変かもしれない。無理なのであれば仕方ないと思って諦めよう。

「それでは、魔法省には私が言伝《ことづて》に参りましょう」

「プリシラさん、お願いします。シャルネちゃんはクラーレット侯爵家の別邸に行って、ティルティ様に声をかけてきてもらっていいですか？」

「ティルティ様を呼んでくるんですね！　わかりました！」

「ナヴル様とガークさんはそれぞれお二人の護衛を、私はハルフィスさんに声をかけてくるので。イリア様、会議のための部屋を準備して貰えますか？」

「わかりました。任せてください、レイニ」

皆に指示を出してから、軽く両手で頬を叩《たた》く。

私の判断で人を動かすなんて、昔のことを思えばあり得ないと笑ったかもしれない。

でも、これが今私のやるべきことだと思っている。だから、迷わずに進もう。

「それでは、皆さんお願いします！」

＊＊＊

私が集合をお願いすると、皆が快く集まってくれた。ラング様たちなど忙しい中ではあるけれど、私との話し合いを優先してくれるということで来てくれた。

ここにいるのはまず私とイリア様にハルフィスさん、アニス様と一緒に魔学都市から来てくれたナヴル様、ガークさん、プリシラさん、シャルネちゃん。魔法省からラング様、マリオン様、ミゲル様。ここにティルティ様を加えて全員。

集まってくれた皆を確認してから、私は深々と頭を下げる。

「皆さん、集まって頂いてありがとうございます」

「状況が状況だ、問題はない。……しかし、改めてレイニ嬢に集められるというのは不思議な気分になるな」

ラング様はいつものように浮かべている険しい表情を少しだけ緩めてそう言った。

確かに、仕事の関係上顔を合わせることは多かったけど、こうしてユフィリア様がいない場所で言葉を交わすというのは珍しいことだ。

「普段はユフィリア様が段取りを決めていますからね……ですが、ユフィリア様、そしてアニス様には落ち着く時間が必要です。二人が落ち着いた後、すぐさま動けるように備えておく必要があると判断したので」

「それは尤《もっと》もだ。……お二人の様子は？」

「はっきり言いますと、かなり危険でした」

「そうか……」

「アニス様に至っては暴走一歩手前でした。あの方が暴走したらどうなるのか、想像出来ますか？」

私がそう言うと、ラング様が眉を寄せて嫌そうな顔を浮かべた。

「それは酷《ひど》いことになるでしょうね」

ティルティ様が肩を竦《すく》めながらそう言う。

「西部の貴族が皆殺しにされても俺は驚かねぇなぁ」

「……そこまで自制出来ない方だとは思わないが」

ガークさんが暗澹《あんたん》とした様子で言うと、ナヴル様が力なく反論した。声に力がないのは都合の良い願いだと言うのがわかってるからでしょう。

「いやいや、我慢は出来るだろうよ。問題は、溜《た》め込んでる鬱憤がとんでもないって点だ。はっきり言って、アニスフィア王姉殿下が我慢してくれてるってだけで、温情としか言いようがないぞ？　それを当然とするのは危険だと思うがね」

「……それは、そうだな」

ミゲル様が相変わらず軽い調子で言うと、マリオン様が神妙に頷《うなず》く。

だろう？　と同意を求めるように言いながら、ミゲル様が続けて喋《しゃべ》る。

「アニスフィア王姉殿下が我慢出来なくなるってことは、今まで溜め込んだ不満や怒りが全て解き放たれるかもしれないぞ？　最悪、内戦まで行ってもおかしくはないね」

「西部とですか？　それは流石《さすが》に行き過ぎた想像だと思いたいですが……」

ミゲル様の言葉にハルフィスさんが目を見開いて、軽く驚いた様子を見せる。けれど、ミゲル様は手を左右にひらひらと振った。

「あんなことが起きた以上、西部に手を入れないなんて選択肢はないからな。問題は西部の問題に対してどこまで手を入れるのかだ。このままアニスフィア王姉殿下が怒りを抑えきれずに西部を滅ぼすって言い出したらどうするよ？」

「……止めるしかないだろう」

「成る程。ラング、それならどうやって止めるつもりなんだ？」

「どうやってとは……苦言を呈するしか……」

「それでも止まらなかったら？　アニスフィア王姉殿下を実力行使で止められる奴《やつ》がこの国にどれだけいるんだ？」

しん……と場が静まりかえる。

心当たりと言えば、ユフィリア様、グランツ公、シルフィーヌ王太后、リュミ様ぐらいしか思い浮かばない。

でも、リュミ様は本当に暴走したら自分では止められないと言っていたから、やっぱり誰にも止められないかもしれない……。

「最悪なのは、アニスフィア王姉殿下に人望があるという点だ。アニスフィア王姉殿下に同調する奴等《ら》が出たらどうする？　特に民なんてまだまだ貴族への不満を溜め込んでる状態だぞ？　同調して暴走したら止めるのだって一苦労だ」

「否定は出来ないな。頭が痛くなりそうだ……」

ラング様が眉間の皺《しわ》を揉《も》み解《ほぐ》すようにしながら、そっと溜息《ためいき》を吐く。

そこに畳みかけるようにミゲル様が口を開いた。

「それからもう一つ、最悪の未来があり得るんじゃないか？」

「……まだ他にも最悪があるというのか？」

「――ユフィリア様とアニス様が、この国を見限って出て行くことだよ」

再び場が沈黙に包まれた。今度は嫌な空気まで流れ始める。

「むしろ、私はまだアイツがこの国を見限ってないのが凄《すご》いと思ってるけれど」

ティルティ様の意見に皆が深く俯《うつむ》いた。誰もが険しい表情だったり、沈痛な表情を浮かべてしまっている。

「アニス様はこの国を大事にしてくれてるけれど、この国がアニス様を大事にしてきたと言えるのかしらね？　それでもどうにかしたいって甘いことを言うから、ユフィリア様が精霊契約まで果たしたんでしょう？　その結果がこれってどうなのよ？」

「……温情、ですよね」

「そうね。あの二人が甘い顔をするから勘違いした馬鹿が付け上がって、あの二人の怒りを煽《あお》ったのよ。どうしようもないでしょう。笑い話にもならない」

「……多分、ユフィリア様も自分が思った以上に疲弊してしまったんだと思います。そもそもアニス様が魔学都市を開発するために離れることも増えたので、不安定になるのは避けられません」

「……レイニ嬢、アニスフィア王姉殿下は本当にユフィリア女王陛下を連れて国を出奔する可能性はあると思うか？」

ラング様が沈痛な表情を浮かべたまま問いかけてきました。それに私は頷きます。

「十分あり得ます」

「……そう、か」

「アニス様は自分がユフィリア様を追い込んでしまったと考えても不思議じゃありません。自分が夢を叶《かな》えることを願ったから、と思ったらユフィリア様を連れて国を出て行くかもしれませんね」

仮に、もしそうなったらイリア様や私も二人に付いていくつもりだけど。

そういう点では、私はパレッティア王国に未練というものがない。アニス様たちがいないなら拘《こだわ》る理由がなくなってしまう。

二人が頑張ると決めたから力を貸しているけれど、この国があの二人を望まないなら私たちだって好んで残りたいとは思わない。

「ユフィリア女王陛下とアニスフィア王姉殿下が姿を消したらこの国は滅びそうだな」

「ミゲル、不吉なことを言うな……」

「だが、十分あり得ることだ。アニスフィア王姉殿下がこの国を見限ってないのがおかしいって言われても否定出来ないだろう？　それなのに、ここに来てまだアニスフィア王姉殿下の功績まででっち上げだと宣《のたま》って、ユフィリア女王陛下は信仰の象徴になるのが最善なんてマジで信じてるような奴等が声を上げた。それによってユフィリア女王陛下が体調を崩してしまった。まだ最悪じゃないってだけで、状況は悪い」

「……そう、だな」

「ユフィリア女王陛下も国が自分とは違う未来を望むというのなら身を引くって言ってるからな。それに、今回はあまりにもお粗末な暴走ではあったが、同じように考えている奴は絶対にいるぞ？　仮に甘い処罰にしてみろ、また同じような馬鹿が出てくるぞ」

「かといって、厳しすぎる処罰をすれば貴族たちの動揺を招くでしょうね……」

「……あの、一ついいすか？」

「何だ、ガーク」

「そもそも、アニス様たちに反対している貴族たちって今さらアニス様たちが改革も何も全部止めて国を飛び出したりしたらどうなると思ってるんですか？」

「どう、とは……？」

「それこそ貴族第一みたいな平民や魔法が不得手な貴族を虐《しいた》げるような頃に戻れって言うなら、俺だって国を捨てたくなりますね。仮にそうなったとして、どれだけの人たちが受け入れるんですかね？　今度こそ反乱が起きるんじゃないすか？」

「……否定は出来んな」

ガークさんの言葉に尤もだ、と言うようにラング様が頷く。

「アニスフィア王姉殿下が齎《もたら》した変革は、良くも悪くも大きな影響を及ぼしている。特に民は歓迎している」

「民だけじゃない。貴族たちの支持だって馬鹿に出来ない」

「ですよね？　なのに、良《い》いんですか？　こんな真っ向からアニス様に喧嘩《けんか》を売るようなことして。そもそもユフィリア様だって怒らせてますよね？　一体何を考えてるのか俺にはさっぱりなんですけど」

「西部の貴族が何を考えてるのか、か……これは俺の推測にはなるが、行き詰まってるんだろうなぁ」

「行き詰まってる、ですか？」

私が首を傾《かし》げると、ミゲル様は頷いてみせた。

「西部は内部事情のせいで変わりたいと思っても、それが難しい状況にある。西部に求められる役割や、各派閥が足並みを揃《そろ》えたりするために力が入ってしまい、代償として柔軟さを失ってるんだろう。何せ変わりたくても変われない、変わろうとすれば派閥の軋轢《あつれき》によって黙らされる。後ろ暗いことにも手を出してるからな。牽制《けんせい》し合いながらも、互いの利益を守ることは躊躇《ためら》わない。そんな状況にうんざりしている奴はいくらでもいるだろう。ラングみたいに信仰に熱心なくそ真面目な貴族だっているだろうからな」

「馬鹿にしているのか、貴様」

「おぉ、怖い怖い。まぁ、そんな土地には馴染《なじ》めない奴が魔法省とかに役職を狙って中央に上がってくるんだろうな、とは思う。マリオン、そうだろう？」

「そうだね、我がアンティ伯爵家は正にそんな家と言えるだろうな」

マリオン様の実家であるアンティ伯爵家は、西部に領地を持つけれど魔法省の一員であるという意識が強いのだと聞いている。

「自分たちが犯した不正を隠すために雁字搦《がんじがら》めになってるんだな。それで身動きが出来なくなってしまっている。まぁ、己の立場を守ることに夢中だからアニスフィア王姉殿下が齎す新技術には忌避感はないんだろうよ。表向き従っているように見せられるし、魔道具に利用価値があるなら貪欲に利用したいだろうからな」

「でも、馬鹿がアニス様の功績が捏造《ねつぞう》だって言ってたんだろう？」

「まぁ、馬鹿というのは否定出来ないんだが。問題は、その状況に燻《くすぶ》ってる奴が真っ当な手段で訴えて来なかったという点だ」

ミゲル様がお調子者のような態度から一転して、鋭い目つきへと変わった。

「俺たちが思ってるよりも西部の腐敗は進んでいるのかもしれないな。正当な訴えも事前に消されている可能性がある。それだけ身内で争っている割に、外部から介入されそうになると一丸となって拒もうとする。あまり相手にはしたくない手合いだな」

「もう、全部ぶっ飛ばして解決すれば良くないすか？」

「そんな簡単な話じゃないですよね……」

うんざりとした様子でガークさんが呟《つぶや》くと、シャルネちゃんが困ったように苦笑した。

すると、ガークさんは唇を尖《とが》らせて不満そうな表情になる。

「じゃあ、何がどう複雑なんですか？　良いことは良い、悪いことは悪いじゃダメなんですか？　喧嘩売ってきた西部が悪いで終わりましょうよ」

「そりゃそうなんだがね。処罰が行き過ぎれば貴族たちの間で動揺が広がる恐れがある。結果的に王家への不信に繋《つな》がりかねないだろう。そうなれば国の舵取《かじと》りが難しくなってしまう。力による圧政に切り替えるという道もあるが……」

「力による圧政は、アニス様もユフィリア様も望みません」

「そもそも、全て力でどうにかするって言うなら、とっくの昔に反乱が起きてるわよ」

私とティルティ様がそう言うと、皆もわかっているというように頷《うなず》く。

「結局、西部の奴等だって困るんじゃないんですか？　なんで足引っ張ってくるんですかねぇ？　俺みたいに馬鹿だから何もわかってないんですか？」

「過去の栄光を捨てられないからでしょうか？　それ以外、誇れるものがないのでしょう。だからこそ執着してしまうのでは？」

「おい、プリシラ……」

「はて？　ナヴル様、何故《なぜ》呆《あき》れているのでしょう？」

「お前はもう少し歯に衣《きぬ》を着せられないのか？」

「間違ったことを言っていると思いませんが。そもそも、将来的には魔学や魔道具は魔法の在り方を大きく変えるでしょう。そうなった時、ただの魔法使いの価値なんて落ちるだけじゃないですか。そんなのわかりきっています」

プリシラさんがそう言うと、皆が苦笑したり何とも言えない表情を浮かべる。特にラング様は渋い表情になってしまっていた。

言っていることは正しいと思うんだけど、あまりにも明け透け過ぎる。

「それならアニスフィア王姉殿下を味方につけるなり、上手《うま》く利用するために立ち回れば良いじゃないですか。ここであの方を敵に回して何が残るんですか？　それすら何も考えていないというのなら、そんな馬鹿にする配慮なんて必要なんでしょうかね」

「……それも、確かにその通りではあるんだがな」

言葉に困る、と言った様子でナヴル様が呟く。

私も同じようなことを思ったことはあるけれど、口に出せば解決するような問題じゃない。思わず溜息を吐《つ》いてしまう。

「こうして政治に携わるようになってから、先王陛下の苦労がどれ程のものだったかわかるようになりました」

「……オルファンス先王陛下か」

「先王陛下はクーデターで揺れる最中に即位しました。国の戦力を落とさないために立て直しを優先して、貴族たちの利害調整に苦心したと聞いています。西部だけでもこれだけの苦労があるのですから、当時はもっと苦労があったのでしょうね……」

オルファンス先王陛下を華がない地味な王様だったと蔑む声は今でも聞こえてくる。けれど、私には先王陛下が地盤を整えてくれていなければ、間違いなく国が荒れていたと確信している。

「ユフィリア様も、アニス様も、先王陛下の意志を汲《く》もうと努力しています。是非はともあれ、あの二人には力でこの国を一つに纏《まと》めることだって出来るんですよ」

でも、二人ともそんな形での改革を望んでなんかいない。

それは凄《すご》く立派なことだと思うのと同時に、身を削るように自分を押さえ込んでいるのだから、もう少しワガママになってもいい筈《はず》だ。

「私は、二人を国の人柱にはしたくありません。いつかあの二人は、この国を去るつもりです。そうでなければならないと定めています」

「……国を出る、か。レイニ嬢。それは改革が無事に終わってもか？」

「ええ、ラング様。自分たちの手がもう要らないと思えば、恐らく。人が人らしく生きていくための国で、人を外れた存在が居座るのを良しとしていませんから」

「……王家が終わる、ということか」

ラング様はぽつりと呟きを零《こぼ》す。入り乱れた複雑な感情を感じさせる声だった。

「それに人柱とは、耳が痛いな。貴族には民を守り、導く責任がある。それは王族も同じだ。だから、ただ王族であるというだけで責任を果たすことを求めてしまった。今でも、立場ある者が大きな責任を背負うことが間違っているとは思わないが、背負った責務の分だけ恵まれないのなら……捨てられてもおかしくはない、か」

「アニス様は見捨てるつもりなんてありませんよ。手を離せる時を目指しているのは間違いないですが」

「だからこそ、不安に感じるのだろうな。国を変える、その重さを改めて突きつけられた気がする。だからアニスフィア王姉殿下は育てようとしているのだろう。魔法を全ての民に授けることによって、立場だけで人の生き方が決まってしまわないように。それは理想だ。実現する確証などないから、惑ってしまう……」

「でも、アニス様とユフィリア様はその理想を実現するために全力で頑張っています」

「わかっている。……わかってはいるのだ。だが、付いていくというのはなかなかに大変なことであるな」

「なんだ、ラング？　怖《お》じ気づいてるのか？」

「ぬかせ、ミゲル。ここで怖じ気づくくらいなら今の地位を返上するとも。歴史に名を残せるかもしれない機会を前にして逃げるなどと、そのような情けない真似《まね》が出来るか」

ラング様がいつものように眉間に皺《しわ》を寄せて、険しい表情でそう言った。

「侮《あなど》られたままで、失望されて終わる訳にはいかんのだ。お二方がそのように望むと言うのであれば、その希望を叶《かな》えるのが臣下の務めだ」

「私も、いつか二人が安心してこの国を離れられるようにしてあげたいんです。そのためにも、いつまでも二人に頼りっきりになっている訳にはいきません」

私が決意を込めて告げると、皆も同意するように頷いてくれた。

「私たちで、西部の対応をどうするのか案だけでも纏めておきましょう。ユフィリア様とアニス様がどのような選択をしても、二人の力になることが出来るように」

「そうだな。お二人の意志に添えられるように、同時に国のためになる対応を考えよう。それが私たちの役目だ」

ラング様が力強く頷くと、他の皆も続いた。

ユフィリア様とアニス様、二人の力を知ってしまえば、その力につい頼りたくなってしまう気持ちは私でもわかる。

でも、私はそうはならないようになることが貴方《あなた》たちの願いだと知っているから。自分の意志で人が立ち上がり、進むことが出来るようにする。

だから、私も自分の意志で進もう。今、自分が為《な》すべきことを果たすために。

ほんの少しでもいいから、どうかゆっくり休んで欲しい。貴方たちが休んでいても、私たちがいれば大丈夫なんだと思って欲しい。

今こそ、力を尽くす時だ。気合いを入れるように軽く頬を叩《たた》くように両手で顔を挟む。

さぁ、頑張っていこう！

４章　理想の君主

浅く沈めていた意識が浮上しました。完全に寝入るとまでいきませんが、緩く微睡《まどろ》むような感覚は戻ってきました。

それも隣にアニスがいてくれるからでしょう。彼女が身じろぎした際の声で意識が覚醒してしまいましたが、少しは気が休まったようです。

「……泣かせてしまいましたね」

アニスの目元にまだ涙の痕が残っていることに気付いて、そっと指で拭います。

あの後、二人で泣きじゃくるように抱き合いながら眠ってしまったようです。アニスが泣き疲れて眠ってしまった後、暫《しばら》く寝顔を眺めていた記憶はありますが、そこからは曖昧になっています。

「んぅ……」

「……人の感覚を取り戻すというのは、なかなか難儀ですね」

かつては当たり前にあって、今は失ってしまったことが当たり前になりつつある感覚。

それを再び取り入れようとするのは、異物を身体《からだ》に取り込んで馴染《なじ》ませるような行いに近いです。

自分一人では、もうどうやっても飲み込むことが出来ないでしょう。

でも、アニスがいてくれれば自然と飲み込めるような、そんな気がするのです。我ながら困ったことではありますが。

そんなことを考えながらアニスの頬に指を滑らせていると、小さく身じろぎをした後にアニスが薄く目を開きました。

「……うぅん」

「起こしてしまいましたか、アニス？」

「……ユフィ」

「はい、私ですよ」

「……寝てない」

「いえ、寝てましたよ」

「うそつき」

アニスは寝起きのせいなのか、とろんとした目つきのまま不満げに唇を尖らせています。

そんな可愛《かわい》らしい唇に顔を寄せて、啄《ついば》むようにキスを落とします。

するとせがむようにアニスが手を伸ばしてきた。胸が温かな感覚で満たされていくのを感じながら、何度もキスをします。

この愛《いと》おしさが伝わればいいのに、と思っているとアニスの手が間に差し込まれました。そのまま拒否するようにぐいっと押されて距離を取らされてしまいます。彼女の温《ぬく》もりが遠ざかったことで、寂しいと感じてしまいました。

「……もう、いい」

「私はまだしてたいですが」

「いいの！」

アニスは顔を赤くして、枕に顔を埋《うず》めてしまいました。まったく、どうしてこんなにも可愛らしいのでしょうかね。

顔を伏せられているので、代わりに髪に口づけを落とします。彼女に触れているという充足感が私を心から満たしてくれます。

あぁ、やはり私はアニスが側《そば》にいないとダメなんですね。

「……少しは元気になった？」

「ええ、お陰様で。アニスも安心してくれましたか？」

「……ん」

伏せていた顔を上げて問いかけてきたアニスは、私の返事を聞くと身体を起こして私に両手を伸ばしてきました。まるで子どもが抱き上げるのをせがむような仕草に、心臓を直接摑《つか》まれたような衝撃が走ります。

くっ、と漏れ出そうな声を堪《こら》えて、そのままアニスに抱きつくようにして彼女の腕の中に収まりました。

すると、アニスは私を包み込むように抱きしめました。とくとくと、互いに鼓動の音が聞こえる距離。息遣いの音が心地よい時間が穏やかに過ぎていきます。

このまま力を抜いて、ただひたすらに溶けていたい。気力が栓を抜いてしまったように抜けていくのです。

あぁ、私はずっとこの人を求めていたのですね。渇きを潤すような満足感が身体に満ちていきます。もう、今日は何もしたくない……。

「ユフィ、お疲れだね……」

「……ん」

「……寝ちゃう？」

「寝ません……」

「そっか」

互いに力が抜けきったように身体を寄せ合います。交わす言葉すらも力が抜けていっているかのようです。

このまま一緒に溶け合ってしまえれば良いのに。そう思いましたが、その時間に終わりを告げる音が鳴りました。

くぅ、とアニスのお腹《なか》が空腹を訴えたのです。その音をしっかりと聞いた後、アニスは勢いよく起き上がって私を引き剝がしました。

突如温もりを奪われたことは不満でしたが、顔を真っ赤にして俯《うつむ》いてしまっているアニスが愛らしいので、不満もどこかに吹き飛んでしまいました。

「……朝ですからね」

「聞かなかったことにしてよ！」

「仕方ないですよ。それに昨日は結局夕食を食べていないんじゃないですか？」

「うぅ〜っ……！」

私の指摘に自分のお腹を憎らしそうに見つめるアニス。そんなアニスを微笑《ほほえ》ましく見てしまいます。

「朝食を頂いてきましょうか」

「……ユフィは食欲ある？」

アニスはハッとして顔を上げた後、心配そうに私の顔を覗《のぞ》き込んできました。

申し訳ないと思いながらも、私は首を左右に振ります。食事を思い浮かべただけでお腹が億劫《おっくう》だと言わんばかりに不満を訴え出します。

私の反応を見て、アニスは静かに萎《しぼ》んでいってしまいました。

アニスの仕草があまりにも心苦しかったので、溜息《ためいき》を噛《か》み殺しながら私は笑みを浮かべました。

「でも、アニスと一緒なら食べられるかもしれません」

「……本当？」

「はい」

「それなら食べやすいものを頼もうか！　一緒に食べよう、ユフィ！」

アニスは一気に元気を取り戻してそう言いました。

元気になってくれて良かったと思いつつ、私は頷《うなず》きました。あまり食べられないでしょうが、アニスが少しでも安心してくれる方が大事ですから。

そう思って、メイドを呼ぼうとしたタイミングでした。丁度良《い》いタイミングでノックの音が聞こえてきて、私はアニスと顔を見合わせました。

「アニスフィア様、ユフィリア様、起きていらっしゃいますでしょうか？」

「イリア？　どうかしたの？」

　ノックをしたのはイリアでした。アニスが返事をすると、失礼致しますと声をかけてからイリアが中へと入ってきた。

「お疲れのところすいません、先王陛下から言伝《ことづて》がありまして……」

「義父上《ちちうえ》からですか？」

「はい。体調が良いようであれば、なるべく早くに登城して欲しいとのことでして……」

　イリアがこちらを案じるように言いました。それに私は再びアニスと顔を見合わせてしまいます。

　もしかして、何かが起きたのでしょうか？　義父上がなるべく早くに、なんて言うなんて……。

「行ける？　ユフィ」

「ええ、大丈夫です。何かあったようですし、登城しましょう。イリア、義父上に朝食を食べ次第、城に上がると伝えてください」

「畏《かしこ》まりました。そのようにお伝えいたします」

　また何か問題が起きた訳ではないと良いのですが、どうでしょうかね。

　吐き出した溜息は、ついつい重たいものになってしまいました。

＊＊＊

朝食を終えた後、私たちは城へ上がりました。執務室に入ると義父上と義母上《ははうえ》が待っていました。

私の代わりに執務をしてくれた二人に申し訳ないと思っていると、義父上が逆に申し訳なさそうな表情を浮かべて席を立ちました。そのまま肩に手を乗せて、気遣うように見つめてきます。

「ユフィリア、体調が優れぬ中、すまぬな。アニスもよく来てくれた」

「ユフィリア、大丈夫かしら？　無理はしていない？」

「いえ、構いません義父上、義母上。それよりも、何かございましたか？」

「うむ、それなんだが……実はローシェンナ侯爵がお前たちに謁見を求めている」

「は？」

義父上が要件を告げると、アニスが殺気に満ちた声を零《こぼ》しました。

義父上がギョッとした表情でアニスを見ました。義母上は頭痛を堪えるように額に手を当てていますが、特に何も言いませんでした。

その間にもアニスの目が吊《つ》り上がっていき、不穏な気配を醸《かも》し出しています。

「ローシェンナ侯爵って、西部の親玉ですよね？　それが今更謁見ってどういうことですか？　まさか謝罪したいとでも言うつもりじゃありませんよね？」

「それもあり得るだろうな」

「まさか、減刑を求めるとか？」

「それも、あり得るな」

「父上！」

　アニスが噛みつかんばかりの勢いで義父上に詰め寄ろうとする。

　それを義母上が間に入ることで押し留《とど》めます。アニスは不満そうに表情を歪《ゆが》めましたが、すぐに自分を落ち着かせるように大きく深呼吸しました。

　アニスが落ち着いたのを見計らって、改めて義父上が口を開きました。

「アニス、ローシェンナ侯爵はお前が戻ってきたことを察したようだ。お前への不敬について も話し合いたいと望んでいる」

「私が許すとでも思ってるんですか？」

　アニスは明らかな拒絶の気配を漂わせて、尖《とが》った声で威嚇するように告げた。

　義父上はほとほと困った、と言わんばかりに眉を下げてしまっている。

「私のことは悪く言われても、ある程度は仕方ないと受け入れられます」

「西部の貴族はユフィにまで不敬を働いたんですよ⁉　しかも、そのせいでユフィは体調を崩したんです！」

「アニス、落ち着きなさい」

「母上！」

「落ち着きなさいと言っているのです！」

アニスを諫《いさ》めようと義母上が声を上げますが、アニスは簡単には落ち着きません。互いに睨《にら》み合うような格好となり、先に目を逸《そ》らしたのはアニスでした。ばつが悪そうな表情で俯いてしまっています。

そんなアニスの様子を義母上は痛ましそうに見つめました。肩を大きく下げるように息を吐いてからアニスへと語りかけます。

「貴方《あなた》の気持ちは痛い程わかるわ。冷静になれ、と言っても難しいことも」

「……わかってますよ」

「貴方はいつも、そうして飲み込もうとしてくれていたのね。……本当に、自分が情けなくなってしまうわね。そんな苦労ばかり貴方に背負わせていたのだから」

「それは母上が悪い訳では……」

咄嗟《とっさ》にアニスが顔を上げて否定しようとするけれど、義母上は静かに首を左右に振りました。

「立場上、そう言い切ることは出来ないわ。王妃だった身としても、貴方の母としても」

「……」

アニスは何も言えなくなってしまったのか、唇を噛みしめて目を伏せてしまいました。

そんなアニスの側《そば》に寄り、肩を叩《たた》きながら義母上は告げます。

「それに私は貴方を止めるつもりで咎《とが》めたのではないわ。まずは冷静になりなさい、でなければ足を掬《すく》われるわよ？」

「え？」

「やるなら徹底的に詰めてやりなさい、中途半端《ちゅうとはんぱ》になってしまうくらいならね」

義母上がアニスの肩を掴みながら、据わった目で言い切りました。その身体《からだ》からアニスに負けず劣らずの戦意が迸《ほとばし》ります。

ごくり、とアニスが思わず唾を飲み込んでいました。なんというか、この二人は親子なんですね。

「私もオルファンスも怒っているのよ。だから、ただ謝罪の場を設けたり、減刑を求めるつもりなら受けなかったわ」

「しかし、ローシェンナ侯爵は己の進退も含めた上で話し合いの場を求めた。であるならば、西部への方針も纏《まと》めなければなるまい。理解したな？　アニス。冷静さを失えば良いように話を運ばれるやもしれんぞ。侯爵は経験豊富な老獪《ろうかい》だ。気を付けよ」

「うっ……」

「では、ユフィリア。謁見を受けても良いということで進めていいな？」

「……わかりました。その話、お受けしましょう」

「ユフィ！」

「避けられない話です。それなら、早めに済ませてしまった方が良いでしょう」

アニスが心配をしてくれているのはありがたいですが、動く分には問題はないのです。西部の問題をこのまま放置するのは良いことだと思いませんし、動くなら早いほうが良いでしょう。

「謁見の前にラングたちと話し合っても良いですか？　ある程度、こちらの方針も纏めておきたいので……」

「ユフィリア、それについてだが……」

「その必要はありません、ユフィリア様！」

「……レイニ？」

まるで計ったかのようなタイミングでレイニが現れました。

困惑するままに義父上の方を見ると、何故《なぜ》か笑いを噛み殺したような表情を浮かべていました。一体どういうことなのでしょうか？

「先にあちらから動くとは思っていませんでしたが、ご安心ください。既に西部に対してどのように対処するのか、私たちで話し合って案を纏めておきました。こちらの資料で確認してください」

「……これをレイニが？」

「ラング様たちと一緒に作り上げました。ユフィリア様が動き出した時にすぐ参考に出来るように、と」

レイニに渡された資料に目を通すと、よく出来ていると唸《うな》ってしまいました。

これを本当にレイニが作ったのでしょうか？　確かに資料の作成をお願いすることなどもありましたが、それはあくまで私が指示をした物だけです。

いつの間に自分からこんな詳細な資料を作れるようになっていたのでしょうか。驚きがすぐには飲み込めません。

「決めるのはユフィリア様しか出来ませんが、判断材料を纏めることは私たちでも出来ます。いつまでもユフィリア様に頼りっぱなしではダメなんですよね？」

「……よくこの短時間でここまで資料を纏めましたね」

「ラング様、ミゲル様、マリオン様が主体となって纏めました。ナヴル様やプリシラさんも手伝ってくれましたよ」

「ナヴルくんたちが？」

「主君を愚弄されたから断じて許しておけない、って感じで」

アニスが目を丸くして驚いていました。それに対してレイニが悪戯《いたずら》に成功したかのような笑みを浮かべました。

誇らしい、と思いました。同時に、これは私がやらなければいけない仕事だとも思ってしまいます。皆には負担をかけてしまいました……。

「申し訳ありません、レイニ。私がすべきことでしたのに」

「そんなこと言わないでください。さっき言いましたよね？　いつまでもユフィリア様に頼ってばかりじゃダメだって」

「それは……」

「私たちだって、ユフィリア様を支えたいと思っているんです。迷惑をかけた、なんて思わないでください。むしろ、もっと私たちを使ってください。ユフィリア様の負担を軽くするためだったら喜んで働きますよ」

　レイニの笑顔に胸がすっとして楽になったような気がしました。

　あぁ、口では人を頼らないといけないと言いながら、なかなか実践するのは大変なのですね。ここは申し訳なく思うよりも、よくやってくれたと思うべきです。

「それに、西部の貴族たちの態度には私も頭に来てるんで。こんな騒ぎも起こしてくれましたし、もうこれを機会にして一気に話を進めるべきかと思います。私たちの分までどうかよろしくお願いします！」

「……そうですね。ありがとうございます、レイニ。いつの間にか、私が思っていたよりも立派になってたんですね」

　私の言葉を受けて、レイニが眩《まぶ》しい程の笑みを浮かべました。

　自信がついたように笑う彼女がこんなにも頼もしい。そう思えば、どうしても笑ってしまいそうになります。

「それでは、詳細を詰めましょう。折角レイニたちが頑張ってくれたのですから、完璧に仕上げないといけません」

　そう宣言する声は、いつものものよりも力が籠もっていたように思えました。

＊　＊　＊

レイニから貰《もら》った資料を読み込み、予想される展開への対策を考えた後、ローシェンナ侯爵を謁見させる時がやってきました。

私の側にはアニス、義父上《ちちうえ》、義母上《ははうえ》、レイニが控えてくれています。

改めてローシェンナ侯爵と向き直りましたが、数日前に顔を合わせた時よりも覇気を感じませんでした。

その様子が少し気にかかりました。会議の後、ずっと王城に留めおかれていたことで体調など崩したのでしょうか？

「ローシェンナ侯爵、頭を上げてください」

跪《ひざまず》くように頭を下げたローシェンナ侯爵に声をかけるも、彼は顔を上げることなく口を開きました。

「頭を上げる前に、まずは此度《こたび》の我らの無礼についてユフィリア女王陛下とアニスフィア王姉殿下に謝罪を申し上げます。本当に申し訳ございませんでした。西部を代表する者として恥じ入るばかりでございます」

謝罪を告げる声には、悪いものを感じません。真摯に謝っているとさえ感じました。

様子見に入ってしまう私でしたが、その一方でアニスは一切の感情を表に出さずに冷ややかな声で応じました。

「謝罪を受けるかどうかはこれからの話し合いで決めさせて貰う。頭を上げなさい、ローシェンナ侯爵」

「……」

「聞こえなかったの？　頭を上げろと言ったのよ、ローシェンナ侯爵。それでは話し合いも出来ない」

「……畏《かしこ》まりました」

アニスに促され、ローシェンナ侯爵はゆっくりと頭を上げました。

その表情はとても落ち着いて、取り乱した様子もありません。逆に静かすぎて不気味に思えてきましたが、様子を見てばかりでは話が進みません。

「それではローシェンナ侯爵、謁見を求めた理由を改めてお伺いいたしましょうか」

「はい。それでは、ユフィリア女王陛下とアニスフィア王姉殿下は今回の一件をどのような沙汰を下すおつもりなのでしょうか？　そのお考えをお聞かせ願いたく、謁見を申し入れました」

「私個人の考えでは、西部の貴族を全て挿《す》げ替えてもいいと思ってるけれど？」

アニスは冷え切った声で、淡々と告げます。ローシェンナ侯爵は身じろぎ一つしていませんが、レイニや義父上がひやひやとしているのが横目で見えました。

「貴方《あなた》たちはやりすぎだ。違法売買の疑惑に王族への侮辱、王家への恭順を示さない上に守るべき法も守らない。その違法を訴えるのも正当な手段ではなく、型破りが平然と行われる。これを怠慢と言わなくて何を怠慢と言うのかしら？」

「……」

「何か弁明はあるかしら、ローシェンナ侯爵」

「……いえ、何も」

「……何も？」

思ってもいなかった返答が来たのか、アニスは戸惑いを見せました。

表情には出しませんが、私も訝《いぶか》しむのを抑えられません。てっきり何かしら望むものがあってこの場を設けたと思っていたのですが……。

ローシェンナ侯爵、彼は一体何を考えているのですか？

「我々の犯した罪、不正の数々は調査すればすぐに明らかになることでしょう。私からも協力せよと言うのであれば、私自身の処罰も含め正当に裁いて頂きたい」

「……証拠を提出する上に、弁明するつもりはないと？」

「ことここに至って王家に逆らうつもりはございません」

「……それを言うために、この場を設けたの？　何故？」

「我らが罪を犯し続けたことは事実。であれば、正しく罪を裁いて頂けることを望みます。何人かは死罪を申し渡される者たちもいるでしょうが、中には罪を知らぬ者、加担を強制された者も紛れています。どうか、その者たちには慈悲を与えて頂きたく」

ローシェンナ侯爵はそれだけ告げると、再び深々と頭を下げた。

アニスはすっかり勢いを殺されてしまったのか、苛立《いらだ》ちと戸惑いが半々といった表情になっています。

戸惑っているのはアニスだけではなく、ここにいる人たちに共通した感情でしょう。

「ローシェンナ侯爵、今になってそのように振る舞うのかが理解出来ません。それに嘆願されずとも法の下で平等に裁くつもりです。しかしながら、罰を受ける気があるというのなら何故もっと早く自首されなかったのですか？　貴方の行動は不可解です」

私がそのように問いかけると、ローシェンナ侯爵はゆっくりと頭を上げる。

彼の表情は、とても疲れ切ったものへと変わっていました。それから力なく笑みを浮かべます。

「そのようにお思いになるのであれば、凡愚の我が身でありましたが力は尽くせたということと受け取れますな」

「……どういうことですか？」

「ユフィリア女王陛下。もし私が自首などしようものならば、私はその前に暗殺されていたことでしょう」

「……暗殺？」

「西部は頑《かたく》なに王家からの干渉を拒み、身内の結束を固めて連帯感を高めていました。しかし、それは己の罪を互いに覆い隠し、裏切りを防止するためです。そのためならばどんな手段も厭《いと》わない者たちがおりました」

「……それは王家への裏切りだよね？」

アニスが咎《とが》めるような声で問いかけると、ローシェンナ侯爵はゆっくり首を左右に振りました。

「そうですね。しかし、我々も王家と争うことは望んでいませんでした。とはいえ、国の法に従うつもりがなかったのも事実なので、何を都合のいいことを言っているかと思われるでしょうが……」

「当たり前でしょう、あまりに馬鹿げてる。自分たちの悪事が明かされたくないから王家の干渉は避けたくて、でも反逆者になりたい訳でもない。そんな話が罷《まか》り通るとでも？」

「通らぬでしょう。しかし、それでも西部はそのようにあるしかなかった。全ては私の非才が招いたこと、最も罪深いのは他でもない私でありましょう」

「……自分たちで不正を糾《ただ》そうという気はなかったの？」

「最早《もはや》、独力では無理でした。誰もが大なり小なり不正に関わっており、それが発覚すれば自らの致命傷になることを皆が理解していました。だからこそ互いに弱みを握り合い、牽制《けんせい》し合っていた。それが西部の実態です」

　アニスがどんどんと不機嫌になっていき、目が据わっていきました。

　そうして黙り込んでしまったアニスに代わって私から問いかけました。

「事が露見すれば罰せられる。故に西部全体で不正を隠蔽していたということですか？」

「その通りです」

「……何故《なぜ》、今なのだ？　ローシェンナ侯爵。どうしてもっと早く……」

　ふと、義父上が切なそうな声でローシェンナ侯爵に尋ねました。

　すると、ローシェンナ侯爵が目を細めながら義父上を見上げます。その目には敵意などなく、どこか穏やかな気配が漂っていました。

　それに一番戸惑っていたのは、もしかしたら義父上かもしれません。

「オルファンス先王陛下、貴方様が即位を終えて、国を掌握した頃には既に西部は引き返せないところまで来ていました。当時はまだ、国が混乱していたことと、先王陛下が強権を振るわぬ穏やかな王であったことが不正を助長させていたとも言えます」

「自分たちが不正に走ったのは父上のせいだとでも言いたいの？」

「いいえ、ただ私たちが悪辣にあっただけにございます。それに当時のオルファンス先王陛下には余裕がありませんでした。西部の現状に気付けば更に追い込むこととなっていたでしょう。国が更に割れることまでは我々も望んでいませんでした。それに貴方様に助けを請《こ》えば、西部への罰も軽くなる恐れもありました。それでは道理が通りませぬ」

そこでローシェンナ侯爵は一息を吐《つ》いてから、首を左右に振りました。

「しかし、ユフィリア女王陛下が即位したことで状況が変わりました」

「私の即位で、ですか？」

「お二方の活躍はあまりに華々しい。そこに期待を寄せる者たちがその輝きに目が眩《くら》んでしまうのも致し方ないことではありましょう……」

「期待？　私は功績を騙《かた》る無能者だと蔑まれたけれど？」

「全ての者がそうではありませんし、レグホーン伯爵は精霊信仰にあまりにも傾倒しすぎました。気持ちはわからなくもありません、西部では清く正しくあろうとすればする程、その身に毒が溜《た》まる……」

「——だから、何？」

遂《つい》にアニスの声に怒りが乗り始めてしまいました。

ローシェンナ侯爵を睨《にら》み付ける目は鋭く、その視線だけで人を殺せてしまうのではないかと思う程に激情が込められています。

「毒が溜まる？　自分ではどうしようも出来ない状況に、生まれに、何も出来ないからなんだって言うの？　そうして行き着いた先がこの始末なの？　笑い話にもならない！　そんな奴《やつ》に私は愚弄されたの？　尚更《なおさら》笑えない！」

「……返す言葉もございません」

アニスの怒りを受けても、ローシェンナ侯爵はただ目を伏せるだけでした。

その反応が気に入らなかったのでしょう、アニスは一度強く歯軋《はぎし》りの音を鳴らした後、吼《ほ》えるように一喝しました。

「ふざけるな！　いつも、いつも、私がどれだけ耐えてきたと思っている！　お前たちは、貴族はいつもそうだ！　魔法が使えないということだけで人を見下す！　それなら、お前たちはその力で一体何を成し遂げた！　私の功績を笑うなら、見下すなら、否定するなら、それに見合うだけの力と結果を示せば良い！　なのに、なぜそれをしない⁉」

アニスの訴えに、義父上と義母上が表情を歪《ゆが》めました。

大きく叫んだ後、アニスは何とか感情を落ち着かせようとするように肩で息をしています。静寂が満ちて、アニスの息遣いだけが聞こえてきます。

「……どうして、私を失望させるの？　こんな国のために、私はユフィを王にさせてしまったの？　いっそ貴族を、魔法使いを全て滅ぼせば良かったの？」

「アニス……」

「この国を守るために父上が、母上が、アルくんが！　どれ程苦しんだと思っているんだ！　信仰に拘《こだわ》って、人そのものを見ようともしない！　いっそ魔法という奇跡を取り上げてしまえば自分が人であったことを思い出せるのか⁉　どれだけ私を馬鹿にすれば気が済むんだ、お前たちは！」

「アニス！　それ以上は、ダメです！」

「……ッ！」

私はアニスに近寄って、彼女の肩を摑《つか》みます。そのまま抱き寄せて、アニスを落ち着かせるように背中を叩《たた》きます。

アニスは唇を噛《か》みしめた後、震えながら私に身を預けてくれました。

……本当は、ずっと前から言いたかった本音なのでしょうね。でも、それをずっと堪《こら》えてきてくれた。

あまりにも悲痛な叫びでした。どれだけアニスが苦しんできたのかが嫌でも伝わる程です。そう感じるのは私だけではなくて、この場にいる全員がそうだったと思います。

誰もが言葉を発しない中で、私はアニスを支えながら口を開きます。

「ローシェンナ侯爵。貴方の思いも、西部の境遇もわかりました。ですが、パレッティア王国の一員、それも貴族だと言うのであれば、その弱さこそが罪です。罪を犯してしまう弱さを私は看過出来ません」

「……当然のことかと思います」

「……貴方は一体、何を考えてこの場を望んだのですか？　ただ裁かれるためですか？」

私には、それだけが本当に理解出来ないのです。

すると、ローシェンナ侯爵は私に視線を向けました。その瞳にはどこか縋《すが》るような色が見えて眉を顰《ひそ》めてしまいました。

何だか、その視線で見つめられていると気分が悪くなります。そう思ったのが表に出てしまったのか、ローシェンナ侯爵は目を伏せてしまいました。

「私は、確かめたかったのです」

「何をですか？」

「貴方様が、私が求めていた主君であるのかどうかを。正しき治政を行ってくれる者であるのか、それを確かめたかった」

ぽつりと、そう呟《つぶや》く声にはどうしようもない程に哀願を感じました。

「私は、西部の長《おさ》でありながら、貴族の腐敗を許した凡愚な男です。されど、それでも私はパレッティア王国の貴族であったのです。ただ現状に甘んじるしか出来ずとも、貴族としての誇りまで捨てた訳ではありません」

ローシェンナ侯爵の声に段々と力が籠もっていきます。だからこそ、感情が伝わってきたのでしょう。

彼から感じたのは、強烈なまでの憤懣《ふんまん》でした。けれど、その憤懣もすぐに萎《しぼ》むように消えていってしまいます。激するのは一瞬で、長続きがしません。

そうしてローシェンナ侯爵は、再び疲れ切った老人に戻ってしまいました。

「この国を真に思い、相応《ふさわ》しき王がいつかお立ちになられる。その日が来ることを耐えて待つことしか私には出来ませんでした。……失礼ながら、アニスフィア王姉殿下が魔法を使えないと聞いた時、アルガルド様が秀《ひい》でた王族ではないと聞いた時は絶望を感じました。

ああ、またダメなのかと」

「ローシェンナ侯爵、貴方《あなた》は……」

それは心底、残念だと言うように失望に満ちた声でした。

彼の言葉は、あまりにも身勝手だと思います。でも、怒りは湧いてきません。ただ哀れだと思いました。

「私の生がある内に、私の罪を正しく裁いてくれる者が現れることを望んでいたのです。そして、ユフィリア女王陛下が即位なされた。しかし……貴方は、やはり私が望んだ国王ではなかったようです」

「ユフィが望んだ王じゃなかったって……？」

「私が望んだのは、私の父祖より語り継がれてきた古き良きパレッティア王国であったのです。この数年で、それをどうしようもなく実感いたしました」

アニスが戸惑いを見せる中、ローシェンナ侯爵は深く息を吐いて、ゆるゆると首を左右に振りました。

「間違いなくお二方は正しいのです。古き正しさよりも、より良い新たな正しさを求めることは自然のこと。私が望んだ王ではなくとも、貴方たちは民に望まれた王族でございます。それを受け入れられないのは、老い先短い老骨の嘆きでしかないのでしょう」

「……」

「どうして、と思ってしまうのです。どうしてオルファンス先王陛下に、マゼンタ公爵やシルフィーヌ王太后のような魔法の才がなかったのか？　アルガルド王子がもっと才能に溢《あふ》れた強き王でなかったのか。どうして、ユフィリア女王陛下とアニスフィア王姉殿下が一人の人間であってくれなかったのか……」

それは、本当に私ではどうしようもない嘆きでした。やはり、それを聞いても怒りは湧いてきません。ただ、目の前の老人が哀れだとしか思えないのです。

不遇の状況を自らで変えることも出来ず、ただただ自分が救われるための希望を探そうとしているだけ。私たちが自分の望んだ救済者ではないことを嘆くだけの人でしかないのです。

「もしも、貴方が望んだ通りの王がいれば理想の国になるとお考えだと？」

「……ユフィリア女王陛下の思う理想の国は違いますか？」

「違います」

それはハッキリと言えます。そして、同時に思うのです。

ローシェンナ侯爵が望んだ国は、きっと初代国王が作り上げた国なのでしょう。

けれど、リュミは初代国王を否定し、精霊契約が廃れることを祈った。

魔法は精霊より賜った尊い力。けれど、力にだけ頼り切った国になってしまえば歪《いびつ》なものとなってしまいます。

魔法を使えるか、使えないのか。貴族であるのか、平民であるのか。その違いが人の間を隔ててしまう。そんな世界では私の愛《いと》おしい人は苦しんでしまうから。

それが私の、私自身にかけた願い。だからこそ、譲ることは出来ないのです。

「私は救いを待つより、誰かを救うために手を伸ばせる世界を望みます。魔法は精霊より賜りし尊い力ですが、それに拘るだけでは先が見えています。それが、かつてのパレッティア王国です」

「……ええ、その通りですね」

「私は貴族であれ、平民であれ、理想に近づくための力を授けたいと思っています。それによって廃れるものもあるでしょう。変化を避けられない場面もあるでしょう」

私はちらりと、アニスの顔を見ました。アニスは怒ればいいのか、嘆けばいいのかわからない表情でローシェンナ侯爵を見ていました。

ローシェンナ侯爵の願いは身勝手です。それを本人もよくわかっているのでしょう。

それでも彼は変われない。彼には変えようと思うだけの力がなかったから。それは悲劇と言えるのかもしれません。

「それでも私は、人が自ら歩み出すことを選べる国にしたいと思っています」

アニスが歯を食いしばって、その道を進んだように。手を伸ばせば希望を掴めるように。

生まれ、与えられたものが全てではないと言うために。

ローシェンナ侯爵は天を仰ぐように見た後、目を閉じて大きく息を吐き出しました。

そうしてから、ゆっくりと視線を下げて私と向き合います。

顔を上げたローシェンナ侯爵は、まるで憑《つ》きものが落ちたかのように穏やかな表情を浮かべていました。

「心底、私には才能も心意気もないのだと思いました。やはり、貴方は私の望んだ国王ではありません」

「ローシェンナ侯爵……」

「――されど、私たちに裁きを与えてくれる者たちが貴方様で良かった」

ようやく、終われるのですね。

まるで、そう言いたげにローシェンナ侯爵は呟きました。

最後まで身勝手な言葉です。それでも、怒りよりも切なさと虚《むな》しさが胸を占めていきました。

望んだ救いを得ることは叶《かな》わなかったけれども、その執着を断ち切ることによって救われたのでしょう。

それだけが、私たちにとっても唯一の救いのようでした。

5章　罪の裁定

ローシェンナ侯爵の謁見を受けてから数日後。

私は謁見の間で玉座に座って、目の前に跪《ひざまず》いている者たちを見下ろしていました。

跪いているのは会議に参加していた西部の貴族たちです。その中には当然、ローシェンナ侯爵もおり、彼は先頭に立って深々と頭を下げています。

私の隣にいるのはアニス、義父上《ちちうえ》、義母上《ははうえ》、レイニ、ラング、ミゲル。そして護衛としてナヴルやガークを始めとした騎士たちが控えています。

皆、西部の貴族たちへの視線が冷ややかなものです。それを感じ取っているのか、西部の貴族たちは落ち着かなそうに身じろぎをしていたりします。

「──面を上げなさい」

私が声をかけると、西部の貴族たちが各々《おのおの》顔を上げます。顔を青くしている者、視線が落ち着かずに彷徨《さまよ》う者。……そして、恨めしそうに私の隣にいるアニスを睨《にら》む者など様々な反応を示しています。

今日、これから行われるのは彼等《かれら》が犯した罪を突きつけ、罰を告げることです。

「これより、貴方たちの罪を問います。一つ、王族に対する不敬罪。二つ、違法とされる輸入品の売買を行った罪。三つ、王家に対する報告を偽り、欺いた罪。不敬罪に関しては私の目の前で行われ、証人もいるので是非を問うまでもありません。違法輸入品の売買と、王家への偽証についてですが……」

「な、何か証拠があるのでしょうか！」

「それは全てはレグホーン伯爵の狂言でございましょう！」

「罪を犯すなどと、そんなあまりにも畏れ多いことを！」

次々と西部の貴族たちが喚《わめ》き出しました。アニスが不愉快そうに眉を寄せるのが横目で見えました。予想していた通りの反応に溜息《ためいき》が堪《こら》えられません。

「お静かに。不正についての情報ですが、以前からこちらでも調査の手を入れておりました。更には情報提供者がおりましたので、裏付けが取れております」

「なぁっ⁉」

「い、一体どこからの情報だと言うのですか！　これは王家と西部の間を引き裂くための陰謀に違いありません！　その証拠とやらの信憑《しんぴょう》性を疑いますな！」

「情報提供者はローシェンナ侯爵です」

私がローシェンナ侯爵の名前を告げると、西部の貴族たちが一気にざわめきました。

ローシェンナ侯爵はただ静かに跪いており、動揺を見せることはありません。

私と謁見した後、ローシェンナ侯爵は私たちに不正の証拠を提出してきました。こちらで調査を入れていた情報と符合する点や、より詳細な情報が記載されていることもあって間違いないという判断が下りました。

そして、ローシェンナ侯爵は自分も含めて西部の貴族たちの罪が裁かれることを望みました。彼とて、心から西部の不正を見逃したかった訳ではなかったという思いは伝わってきました。

しかし、悲しいことに彼は西部の現状を正せる程の力はありませんでした。だからこそ私たちに証拠が託されたのでしょう。私たちなら西部の膿《うみ》を取り除くことが出来ると期待されて。

最初から私に従う素振りを見せなかったのは、見極めのためだったのでしょう。あまり気分が良いとは言えませんが、仕方ないと飲み込むしかありません。

重要なのはこれからの西部をどうするのかなのですから。

「ば、馬鹿な……！」

「まさか、本当にローシェンナ侯爵が⁉」

「事実だ」

ローシェンナ侯爵が肯定すると、西部の貴族たちは次々と詰め寄ります。

「こ、これは一体どういうことですか、ローシェンナ侯爵⁉」

「どうもこうもない。王家より罪を問われ、証拠があるならば、と言われたので私の知る全てを打ち明けたまでだ」

「この、裏切り者がッ！」

西部の貴族たちは諦めたように項垂《うなだ》れていたり、ちらちらとこちらの隙を窺《うかが》うように見たり、ローシェンナ侯爵に今にも摑《つか》みかかりそうな勢いで睨んでいる者など様々です。

これを醜態と言わずしてなんと言えば良いのでしょうか。まだ静かに沙汰を待っているローシェンナ侯爵の方がマシでしょう。

「随分と、王家の目が届かないからと好き勝手にやってくださったようですね」

「……ッ！」

「一体、この落とし前はどのようにつけるつもりなのでしょうか？」

私が問いかけると、西部の貴族たちは一斉に動きを止めました。けれど、誰も声を上げるようなことはしません。隣に居る者たちを見たり、誰かが発言するのを待ったり、こちらに縋《すが》るような視線を向ける者……。

溜息しか出てきません。すると、感情が無くなったように表情を消したアニスが口を開きました。

「ユフィ」

「はい、何でしょうか？　アニス」

「彼等には答える口がないようだ。だから、私が代わりに提案するのはどうかな？」

「それはいいですね。それでは、アニスはどのように処罰するのが良いと考えますか？」

「これだけの罪だ。――族滅が妥当だと思うよ。一族郎党、皆殺しだ。それで綺麗《きれい》さっぱり片付けよう」

アニスが淡々と告げたのは、族滅。つまりは一族含めての処刑だ。

過激な罰でしょう。それを聞いた西部の貴族たちは信じられないと言った様子でアニスへと視線を向けました。

アニスが貴族たちに向ける視線は、最早《もはや》塵芥《ちりあくた》を見るような程に冷たいものです。冗談でも何でもなく本気なのだと悟ったのか、彼等は一斉に騒ぎ始めた。

「ぞ、族滅……!?」

「アニスフィア王姉殿下、どうかお待ちを！」

「おや、口があったんだ。だったらどうしてユフィの質問に答えなかったの？」

「ことここに至ってもまだ王家を舐《な》めてるとしか思えないね？　それとも、お前たちの頭の中には自分の保身しかないの？」

アニスが問いかけると、また一度黙ってから狼狽《うろた》え始めます。

似たような反応しか出来ないんでしょうか。せめて、もうちょっと取り繕って欲しいと思うのですが……。

そんな貴族たちを窘《たしな》めるようにローシェンナ侯爵が語りかけます。

「アニスフィア王姉殿下の仰《おっしゃ》る通りであろう。我らが犯した罪、一族を滅ぼされても妥当としか言えない」

「ローシェンナ侯爵！　貴様、裏切ったのか‼」

「まさか、我らを売り払って自分だけ助かろうという腹づもりのつもりか⁉」

「――戯《たわ》け者が！　恥の多い身なのは承知の上！　恩赦など求めるものか！　我らへの罰に族滅が妥当だと言うのならば、潔《いさぎよ》く受けてみせよう‼」

ローシェンナ侯爵が一喝するように貴族たちに告げます。その声には力があり、覇気が籠もっていました。

そんな彼の様子に貴族たちは恐れ戦《おのの》きますが、中には更に声を荒らげる者もいました。

「こ、この卑怯《ひきょう》者が！　今更になって西部を道連れにして死ぬつもりか！　そもそも貴様とて黙認してきたことではないか！」

「否定はしない。そのつもりなどなかった、と言っても何の意味もない。王家を欺くために、国を守るために、国政に左右されぬために、理由をつけては王家の干渉を拒否し続けてきた。それを悪用して違法売買に手を染めた者を咎《とが》めず、見逃してきた」

「そうだ！　それこそお前の罪ではないか、ローシェンナ侯爵！」

「――国防のための予算を横領していた輩《やから》は、肝だけじゃなくて声まで大きいんだね」

ローシェンナ侯爵への罵倒が耳障《みみざわ》りだったのか、アニスが殺気を込めて言い放った。

貴族は突然向けられた殺気に恐れ戦き、直接向けられた訳でもないローシェンナ侯爵すら冷や汗を流す程です。

彼等はこれだけ怒りを露《あら》わにしているアニスを見たことがないのでしょう。だからどうしていいのかわからず、右往左往することしか出来ていません。

「ローシェンナ侯爵は確かに罪を犯した。だけど、ローシェンナ侯爵が罪を〝犯さざるを得ない〟状況に追い込んだのは、違法売買に関わった貴族たちでしょう？」

「ち、違います……！」

「そ、それは何かの誤解で……！」

「騎士団を維持するための資金まで押さえ、違法売買に手を染めさせ、共犯に落とし込む。成る程、悪辣だけどなかなかの一手だね。露見さえしなければ、西部を自分たちの思うがままに出来る訳だ。資料が必要ならあるけど、見る？」

アニスがそう言うと、レイニが資料を取り出してアニスの横に立つ。

貴族たちは誰も前に進み出て来ようとせず、その場で俯《うつむ》いています。資料を見て真実であれば罪を認めざるを得ないことを理解しているからでしょう。

ここにまで来てしまったら、言い逃れすることも出来ないのだと。

「これが西部の貴族の現実か。実に醜悪だね。……ユフィ、どう思う？」

「そうですね……」

「お許しください、ユフィリア女王陛下！」

「どうか、どうかご慈悲を！」

「これからは心を入れ替えて忠誠を誓います！」

次々と許しを請《こ》い始める貴族たち。その姿にローシェンナ侯爵が無念そうに目を伏せているのが見えました。

私も呆《あき》れてものが言えなくなりそうです。

「言葉だけではどうとでも言えましょう。貴方《あなた》たちの誠意は信用に値しません」

「な、ならば！　我らを失えば西部の守りはどうなるとお思いですか！」

ふと、突然唾を飛ばす勢いで貴族の一人が叫びました。

すると、その糾弾に飛びつくようにして多くの貴族たちが声を揃《そろ》えて訴え始めます。

「そ、そうです！　我らを排すれば国力の低下は免《まぬが》れません！　そうなれば隣国がどのような反応をするのか！」

「我らは彼等へのツテも持っております！　これをただ切り捨てるのは惜しくはないというのでしょうか⁉」

……本当に、彼等の訴えを聞いているだけで頭が痛くなりそうです。なんて浅ましいのでしょう。貴族としての誇りはないのでしょうか？

私たちの側にも、あまりの醜態に嫌悪《けんお》感を隠せなくなっている者までいます。

「それは、王家を恫喝《どうかつ》していると受け取ってもよろしいので？」

「ど、恫喝⁉」

「な、何故《なぜ》そのような曲解を……」

「どこが曲解？　つまりお前たちは自分がいなければ国が危うくなるぞって王家に対して突きつけているつもりなんでしょう？　やれやれ、ここまで王家に対する忠誠心がないのも問題だね」

「そうですね。西部はパレッティア王国の守りの要、これがこんなにも信用の置けぬ者たちの手にあるのは、王家としても不信の念を抱かざるを得ません」

「じゃあ、やっぱり族滅かな。領地の運営には暫《しばら》く王家が口を出すけれど、家を継げなくて私に仕えてくれる次男や三男が私の下に集ってくれているからね。後釜を育てるのには時間はかかるけれど、数年もすれば安定させることも出来るよ」

「それは頼もしいことですね、アニス」

アニスと打てば響くような会話をするだけで、ささくれた心が慰められるような心地になります。

西部の貴族たちは再び黙り込んでしまい、そんな彼等《かれら》に向けてアニスは冷ややかに告げました。

私に向けて語りかける時は優しい笑みを浮かべているのに、彼等に向ける表情は感情が消《き》え失《う》せていました。その落差が、彼等に自分たちの立場をわからせようとしているかのように思えてきました。

「わかった？　それとも、もっとはっきり言った方が理解出来る？　お前たちが西部にいなくても問題はない。むしろ排斥した方が利益がある。それなのに、どうしてお前たちを生かしておく必要がある？」

「ほ、本当に我らを切り捨てるおつもりで……？」

「そうだよ」

「わ、私はユフィリア女王陛下に問うているのです！」

「私なら否《いな》、と言うとでも？」

「私たちは貴方様の同胞にございます！」

そう訴えたのは、あのレグホーン伯爵でした。先程からアニスに向けて不愉快な視線を向けていた一人です。

気に入らない相手ではありますが、同胞とは一体どういう意味なのでしょうか?

「私が貴方たちの同胞だと？　何故、私を同胞だと言うのでしょうか？」

「同じ始祖の血を引き、魔法の奇跡を授かった同胞ではないですか！　我らは確かに罪を犯しました！　ならばこそ償うと、心を入れ替えると言っているのです！　どうしてそれを信じてくださらないのですか！」

「信用なりませんね」

「だから、どうしてですか⁉」

「むしろ、こちらこそ問いたいですね。何故、私が貴方たちを救わなければならないのでしょうか？」

「貴方様は始祖の再来！　民を救った伝説そのものではありませんか！　我らが罪を犯したのも、真に仕えるべき王を見失っていたに過ぎません！　正しい王がいれば、私たちは何も間違いなど犯さなかった‼　そうでしょう⁉」

「──何？　そんなに、今ここで死にたいの？」

今日一番、強烈な殺気がアニスから放たれました。

その殺気を直接向けられたレグホーン伯爵はひゅっ、と息を呑《の》み、その場に尻餅をついてしまいました。余波を受けた周囲の貴族たちも膝を突き、がくがくと震え始めます。護衛として控えていた騎士たちは膝こそ折らなかったものの、顔色を悪くしながら歯を食いしばっています。それだけアニスの怒りは強烈でした。

「精霊信仰に傾倒したことで、王家を蔑《ないがし》ろにする貴族が増えたのは嘆かわしいね。本来は貴族はかくあるべきと育まなければならない信仰が、民を虐《しいた》げ、国を割る教えと成り果てている。時代に即していないとしか言いようがない」

「申し訳ありません、アニス。意識改革にはもっと手を入れていかなければならないようです」

「ユフィの責任じゃないよ。それに信仰そのものが悪い訳じゃない。悪いのはそれを悪用して私欲を満たす貴族たちだ」

起き上がれないままの貴族たちを睨《にら》みながら、アニスは深く息を吐き出した。

「私は魔学と魔道具によって民にも魔法の術を与える。それは、貴族ばかりに頼らないためだ。貴族だけが魔法の奇跡を独占しているから、勘違いする者が増える」

「か、勘違いなど……！」

「そ、そうです！　アニスフィア王姉殿下も知らない筈《はず》がないでしょう！　かつて貴族ならぬ魔法使いが悪辣の限りを尽くしたことを！」

「ならばこそ、貴族の復権こそが重要なのではないですか⁉」

貴族たちの訴えに対して、アニスは冷ややかな目を向けました。

「そもそも、そんな事件が起きたのも貴族の傲慢によるものだよね？　貴族だったら平民を思うままに扱っていい。そう思って振る舞ってきたから恨み辛《つら》みが生まれた。首謀者も野に放り出された庶子という出自だ。そうでしょう？」

「……それは」

「お前たちは自分たちの都合のいいことは口が滑らかだけど、都合が悪くなると口を閉ざすね。……その態度がこっちの不興を買ってると気付かない程に愚鈍なの？」

アニスの問いかけに、やはり貴族たちは何も答えない。それを見たアニスの口から呆れ果てたような溜息《ためいき》が零《こぼ》れる。

「貴族だとか、平民だとか、それ以前に人としてお前たちは信用に値しない。それなのに重要な西部の地を任せておくことは出来ない。これは決定事項だ」

「……」

「だけど、お前たちにも一部だけ利がある」

アニスの言葉に、貴族たちは弾《はじ》かれたように顔を上げた。

「腐ってもお前たちは貴族であり、魔法使いだ。その価値を投げ捨てるのは私たちだって本意じゃない」

「そ、それでは……！」

「許しはしない。けれど、生命までは取らない」

「その代わり、貴方たちには西部から南部へと領地を移すことを命じます」

「なぁッ⁉」

アニスの言葉を引き継いで、私からそう告げると貴族たちが目の色を変えて私を見ました。彼等の表情は驚きから、恐怖に引きつったり、不満を露わにするように変わっていきます。

「な、南部ですと⁉」

「馬鹿な！　結局それは私どもに死ねとおっしゃっているも同然ではありませんか⁉」

西部の貴族たちから悲鳴のような非難が次々と浴びせられます。

彼等がそこまで抵抗するのも、南部という地域には問題があるからです。

パレッティア王国の南には海があります。海から得られる資源というのはとても魅力的であり、今も何とか開拓しようと試みています。

しかし、当然ながら海にも魔物が生息しており、海辺に拠点を作るのも一苦労なのです。それ故、何度も撤退を繰り返しているのが現状です。

南部から得られる資源は惜しい。けれど、開拓するのは難しい。それは今まで開拓するための人員が足りていなかったからでもあります。

ここに領地を取り上げた西部の貴族たちを宛がおうと考えたのは、ラングたちです。

これならば彼等の命を奪うことなく、国益に変えることが出来ます。南部はほぼ未開拓の土地ではありますが、この開拓を成功させることで得られる利益と名誉は後の世に名を残すことが出来る可能性もあります。

それは貴族としての栄誉として取れることも出来るため、族滅という罰を与えるよりは良いのではないかと提案されました。

アニスも良い案だと認めたので、西部の貴族たちの罰は南部への領地替えに決定したのです。

貴族たちが怯《おび》えるように、事実上の死刑宣告というのは間違ってはいません。しかし、開拓を成功させることが出来れば返り咲くことも不可能ではないため、彼等にとって損ではない話でしょう。

「確かに南部は開拓の難所と言えましょう。ですが、アニスは魔学都市の開拓に成功を収めています」

「そ、それは……！」

「今ならアニスの成功例を真似《まね》ることも出来ます。時間はかかるでしょうが、開拓の拠点を得ることは可能でしょう。そうですよね？」

「わ、我らにアニスフィア王姉殿下の開拓方法を真似よ、と……!?」

「実際に成功を収めているのですから、南部にも適応させることも難しくないと考えています。不服ですか？」

貴族たちは顔を見合わせていますが、誰もが不安や不満を露《あら》わにしています。

まったく、アニスの功績を疑ったり、魔法を使えないことを蔑むのに、このように実績を挙げたことも、それに倣《なら》うということも出来ないなんて。

いくら魔法が使えるからといっても、そういう態度が信用出来ない人物だと印象付けてしまっていることに自覚はあるのでしょうか？

「どうしても不服だと言うのであれば、仕方ありません。それでは、西部の処罰に関してはアニスの自由にさせましょうか」

「じゃあ、やっぱり族滅かな。ことここに至ってまで私たちに従うつもりのない反逆者なんて要らないからね」

私がアニスに話を振ると、アニスはあっさりとそう言い放った。

貴族たちが再びギョッと目を見開いているものの、アニスはさして気にした様子もなく言葉を続けます。

「私たちには従わないし、侮辱までする。罪を犯している身で、罰から逃れようとする。死罪でもおかしくないところに生きるための道を提示しても従おうとしない。つまりはさ、私たちを舐《な》めてるんでしょ？　そこまでする筈がないって」

「そ、そのようなことは……！」

「ない？　さっきからずっと駄々こねてるくせに？　これは私への挑戦と受け取ってもいいのかな？　いいよ、その挑発に乗ってあげるよ。帰って戦の準備をするといい」

「戦ですと……!?」

アニスの告げた戦という言葉に、貴族たちはどんどんと顔色を悪くしていきます。

「どうせ私は魔法の使えない無能者、魔法を使えるお前たちに負ける理由なんてありはしないのでしょう？ それなら戦の最中で己の有用性を証明すればいい。そうすればユフィも貴方《あなた》たちを見る目が変わるかもしれないよ？」

「そんな未来があるといいですね」

もし、アニスにかすり傷一つでも付けたら罪人の烙印《らくいん》をつけた上で身一つで南部に労働力として放り出してやりましょうか。

そうしてアニスと笑い合っていると、貴族たちの顔色は真っ青になっていました。

内戦は避けたいですが、必要となればやるしかないでしょう。義父上《ちちうえ》であれば避けた道でしょうが、私たちは内戦を選んでも国を保つ自信があります。

むしろ、彼等《かれら》を抱えている方が足を引っ張られるだけです。どれだけ言っても態度を改めないのであれば、もう致し方ないでしょう。

「南部は難しい地域ですが、開拓に成功すれば十分にうまみがあるのですけどね」

「海から得られる利益は王家としても無視することは出来ない。また返り咲くことが出来る可能性はあるよ？」

「もしそうなれば、私も貴方たちを評価し直さなければいけないでしょうね」

「西部という地域を統治する難しさは貴方たちという前例を以《もっ》て私たちも理解したしね。その教訓に免じて、不正を許すことは出来ないけれど、生き残りたいというのならば道を用意しよう。それ以外に貴方たちを生かす道は、ない」

アニスは最後の通告だと言わんばかりに告げる。

「私は民に可能性を与えた。それは、貴方たちにだって例外ではない。ただし、それとは別に罪は罪として償って貰《もら》う。大いに反省して心を入れ替えて欲しい。それが出来ないなら、話はそこで終わり。賢明な判断を願うよ」

＊　＊　＊

「なかなか思い切ったことを考えましたな」

「実質、流刑《るけい》による死罪を言い渡されているようなものだが……可能性がない訳ではない。アニスフィア団長という前例がある今、それを踏襲するのはありだろう」

西部の貴族たちに罰を言い渡した後、私たちは場所を移して会話していた。

ラングはひたすら感心したように頷《うなず》いていて、ミゲルは楽しげに笑っています。西部の貴族たちは葬儀の最中だと言わんばかりに暗い雰囲気になっていましたが、それとは対照的に私たちの空気は和やかなものになっています。

「ラングたちが集めてくれた資料のお陰で決断が出来ました。領地替えを選ばないのであれば、族滅以外に選択肢はなかったですね」

「ローシェンナ侯爵の情報提供もあったから上手《うま》く話が進んだのは幸運だったね。まぁ、西部の貴族全てが腐った人ばかりじゃないって言われたから、それならどうにかした方がいいかなって考えた結果ですし」

「そのローシェンナ侯爵はどうするんですか？　一応、王家に事態解明のために協力した訳ですが……」

「特に何か優遇することはありません、本人もそれを望んでいませんから。むしろ率先して南部に向かうと言っていましたよ。そうすれば自分たちを慕う者たちは付いてきてくれるかもしれない、自分の手が及ぶ範囲で守るつもりだと」

「ふぅん。それだけ覚悟があるならもっと早く事を起こしてくれれば、と言いたくなるが、西部の事情を鑑《かんが》みれば無理も出来なかったんだろうな……」

ミゲルがぽつりと呟《つぶや》くと、アニスが相槌《あいづち》を返しました。

「うん。だから一度、西部は中身をごっそり入れ替えるしかないよ。それで苦労をかけることにはなっちゃうだろうけど……」

「その辺りはマゼンタ公爵が協力を申し出てくれているのでご安心を」

「これを良い機会だと言って、人事に力を入れてくれるそうです」

「……感謝しないといけませんね」

マリオンとラングの言葉を受けて、私は小さく呟きました。

お父様は義父上が即位した際のクーデターで荒れ果ててしまった東部を立て直していました。その際、様々な貴族と縁を結んでいて顔が広いのです。その縁を伝って西部を治めてくれる貴族を探してくれるとのことで、正直とても助かっています。

「後は西部の貴族たちが領地替えを受け入れられるかどうかだ」

あくまで、今回会議に出席していた貴族たちは代表者という立場に過ぎない。

これから彼等は領地へと戻り、このことを伝えなければならない。事前に王家から使者を送って通達しましたが、西部はこれから荒れることになるでしょう。

「でも受け入れるしかないんじゃないですか？　受け入れなかったら死罪ですよ」

「……王家に牙を剝《む》く、という可能性はないか？」

ガークが暢気《のんき》な調子で言うと、ナヴルが眉を顰《ひそ》めながらぽつりと呟きました。

それに対して首を振ったのはラングとミゲルの二人です。

「それはないですね」

「流石《さすが》にないと思います」

「利益に忠実な者たちだ。王家を敵に回して生き残ったとして、その後に先がないことぐらいは理解出来るだろう。……出来るよな？」

自分で言っておいて、疑いが出てきてしまったのかラングが眉間を揉《も》み解《ほぐ》しながら呟きました。

そんなラングの様子を見て、アニスが苦笑を浮かべました。

「そういった反乱が起きる可能性も考えて、次の手も打ってあるよ」

「アニス様、そうなんですか？」

「一体どのような対策をお考えで？」

「えっと……ユフィ、説明をお願いしてもいい？」

「ええ、構いませんよ。まず西部はお互いの弱みを握り合うことで連帯意識を高めていました。しかし、それを王家に知られたことで連帯することの意味を失いました。次に連帯するとなれば、領地替えを撤回させるために王家に反逆することなどが考えられます」

私が説明すると、アニスが頷いてから続けました。

「正直言って、中央と東部が味方になっている以上、西部に負ける要素はない。勝ち目なんてないんだ。今までは西部が必要だから見逃されてきただけであって、西部が抜けた穴を埋められるようになった今、放置する理由がない」

「なので諦めて従うか、なんとか逃げだそうとするでしょう。連携など取れる筈《はず》もありません。利で纏《まと》まれなければ脆弱《ぜいじゃく》なのが西部の弱点と言えます」

「……成る程？」

「おい、ガーク。ちゃんと理解出来て頷いているんだろうな？」

「……」

「目を逸《そ》らすな、おい！」

いつものやり取りを始めるナヴルとガークに、つい苦笑が浮かんでしまいました。

アニスも同じ気持ちだったのか、彼女も苦笑を浮かべています。きっと私たちは同じような表情を浮かべていることでしょう。

「そこで更に加える一手なんだけど、武闘大会を開きたいと思っているんだ」

「武闘大会、ですか？　アニスフィア王姉殿下、それは一体？」

「騎士から冒険者、身分を問わずに己の腕を競い合う大会を開こうと思って。この大会で優秀な成績を残せば、私個人としても引き抜いていいかなと考えてる。で、私がそう考えるように、各地の騎士団も注目すると思うんだよ」

「成る程！　西部が揺れている今、ただ罪人として南部に送られるよりは、どこかの騎士団に誘われて籍を移す可能性にかける者たちが出てきますね」

納得がいった、と言うようにガークが手を叩《たた》きました。それにアニスは少し照れたように微笑《ほほえ》みます。

「西部はどの道、人を入れ替えざるを得ない。西の守りを再編するためにも、ここで腕自慢を集めて競い合わせることは、色んな意味で有効な手だと思ってね」

「はぁ〜、それで武闘大会ですか。それってパレッティア王国中から集められるってことですよね？」

「勿論《もちろん》だよ。これは西部だけのチャンスじゃない。中央や東部にだってまだまだ燻《くすぶ》ってる人材はいる筈だ。騎士や冒険者たちの中にね」

「上手く目に留まれば、ユフィリア女王陛下やアニスフィア団長に近づくことも出来ると考える者もいるかもしれませんね……」

皆から反応が良い。けれど、私たちは苦笑しか浮かんできません。これは私たちが考えたことではありませんからね。

「この案を考えてくれたのは、ローシェンナ侯爵なんだけどね。あの人には思うところはあるけれど、罪を償おうと協力的な姿勢は認めてあげないと。……色々と複雑だったんだと思うからね。改めて調べれば調べる程、あの西部の統治は難しい。西部の貴族たちを処罰するだけでは足りないね」

「足りないですか」

「うん。隣国との交易と、商人の関係が複雑に絡《から》み合ってる。これはもういっそ、大規模に商人たちを締め上げなきゃいけないって結論になってる」

アニスは悩ましそうに表情を歪《ゆが》めながらそう言いました。

「発端は貴族から持ちかけられた話なんだろうけど、それが慣習になってしまって商人が力を持った。貴族も商人たちの意向を無視することは出来ない。かといって、商人たちも無理強いが過ぎれば貴族たちの暴発を招きかねない」

「恐らく、西部の貴族を排するだけでは商人たちの台頭は防げません。国から逃げ出す者もいるかもしれませんし、これまでのように貴族を取り込もうとする動きをするかもしれません。単に貴族を罰するよりも商人たちの扱いには頭が痛いです」

「これから流通を広げよう、ってところで商人たちにも利益を提示して連動しようとしていたんだけど、これはすぐには無理そうかな。かといって、混乱が続くと隣国を刺激してしまう恐れがあるから、暫《しばら》く手は抜けないよ」

「成る程……それは確かに難儀ですね」

「本当に難しいんだ。今の若い世代として生まれた西部の貴族たちは苦しかったと思うよ。だからと言って、許すつもりはないけれど。特にレグホーン伯爵とやらはね」

レグホーン伯爵の名前が出ると、皆が何とも言えない表情を浮かべました。

やはり彼の態度に関しては同じ貴族という立場である以上、色々と思うところがあるようですね。

「噂《うわさ》には聞いてましたが……酷《ひど》かったですね」

「信仰にのめり込みすぎなんだよ。一昔前の魔法省並みに酷いね」

「耳が痛いな……」

「ラングは丸くなったし、昔だってそこまで酷い態度だったとは思わないよ。まぁ、この問題もゆっくり解決していくしかない。人の意識なんてそう簡単に変えられるものじゃないからね。無理矢理、荒療治で過酷な地に放り込むなんて方法はそう簡単に選んで良い手段じゃない」

「そうしないとダメって思わせるまでやらかした西部の貴族には同情出来ませんがね」

それは本当にその通りです。これからのことを思えば溜息《ためいき》しか出てきません。

義父上《ちちうえ》にも改めて同情してしまいます。よくこんな貴族たちの間を取り持ちながら国を立て直したと思います。

「しかし、武闘大会と言いますが、会場はどこにする予定なのでしょうか？」

「ウチ」

「はい？　ウチ、とは？」

「だからウチ、魔学都市だよ。あそこは後の流通の起点になり得るし、魔法による建設の勢いを見せるという意味もある。会場を作れるだけの広さは確保しているしね」

「……言われれば確かに？」

最初は訝《いぶか》しげな表情を浮かべていたナヴルも、納得したように頷《うなず》きます。

「他には宿とか作らないといけないけれど、どの道いつかは作らなきゃいけないから計画を前倒しにすれば良い。武闘大会の会場は、そのまま魔道具の実験場とかに流用すればいいしね。だから、ウチでやるのが一番都合が良いの」

「……しかし、間に合うんですか？」

「それについては問題ありません。暫く魔学都市に逗留《とうりゅう》して休暇を頂く予定ですので」

「……ユフィリア様が？」

初耳だ、と言うようにナヴルが目を丸くしました。

「ユフィには気晴らしが必要だし、武闘大会の会場を建設するなら現地にいて指示を出した方が早いだろうって。それにユフィの魔法があれば建設はもっと進むだろうしね」

「ユフィリア様が建設に関わるんですか⁉」

「それは……確かに建設は進むでしょうが。良いんですか？」

「良いんです。休暇中の戯れです」

「戯れで建設……？」

ナヴルが信じられない、と言うように衝撃を受けています。縋《すが》るようにラングへと視線を向けましたが、ラングは透き通ったような笑みを浮かべて首を左右に振りました。

ラングにも色々と言われましたが、押し通しましたからね。

「それにいい加減、小うるさい者たちを黙らせる頃合いかと思ったので。実際に私の力を目にしないから舐《な》められるのでしょう。義父上に免じて、手荒な手段は出来るだけ選ばないようにしていましたが、やはり弱腰だと取られたのかもしれません。ここで一度、引き締めを図ろうかと思います」

「……めっちゃくちゃ全力で横っ面《つら》ひっぱたくようなもんじゃないすか、これ？」

「こちらを見るな……」

ガークがナヴルに問いかけていましたが、ナヴルは目を逸らして答えませんでした。

それにしても、魔学都市に滞在するのは楽しみですね。レイニとイリアも連れていくつもりなので、息抜きが出来るでしょう。

レイニもシアン男爵と過ごす時間が増えますし、彼女たちにとっても休暇ですね。

6章　未来を目指して

「いやぁ、これは圧巻の景色だね」

「そうですね」

私はアニスと並んで、目の前に広がる光景を眺めていました。

ここは魔学都市から少し外れた場所にある空き地です。いえ、正確には空き地だった場所と言うべきでしょうか。

そこには今、騎士団の演習に十分に使えそうな広場が出来上がっていました。その周囲には騎士の休息所となる建物が建ち並び、人が忙《せわ》しなく出入りしているのが見えます。

「ここが武闘大会の会場となるんですね」

「うん、その後は魔道騎士団の詰め所や演習場として使う予定だよ。元々作る予定ではあったけれど、ユフィのお陰で早まったね」

「ええ、楽しかったです」

「……そっかぁ、楽しかったかぁ」

つい声が明るくなってしまいます。言葉にした通り、本当に楽しかったのですから。そんな私に対してアニスは苦笑を浮かべています。何しろ、この広場を作ったのは他でもない私なのですから。

西部の問題に一区切りが付いた後、私は療養として魔学都市に滞在していました。

実際、動く分には問題なくても、人の感覚を取り戻すためには療養は必要でした。それはそれとして、動くには問題ないというのなら魔学都市の開拓を進めてしまおうということで、建設を手伝っていたのです。

とはいえ、既に動いている計画のものに手を加えるのはよろしくありません。

そこで今回の一件の落とし所である武闘大会、その会場を私が作ってしまえば良いのだと思って、これを提案したところ了承を得られたので実行に移しました。

人目を憚《はばか》らずに全力で魔法を使うというのは、思いのほかスッキリするものでしたね。

「障害物の撤去に、地形を変えるレベルでの整地、建物の基礎まで魔法で組んじゃって、後は組み立てるだけ……ユフィが一人いるだけで街が一つ簡単に出来ちゃいそうだね」

アニスが苦笑したまま、そう言いました。実際、私が何の制限もなく魔法を使えば可能だとは思います。

「私並みに魔法に長《た》けた者がいれば、私でなくても可能だと思いますよ」

「ははは、ユフィは面白い冗談を言うね」

「別に冗談のつもりはありませんでしたが……」

「……うん、そっか。じゃあ、この話はここまでということで」

「ふふ、そういうことにしておきましょうか」

「えーと、それじゃあ西部のことでも話そうか？　あっちの問題は大丈夫そうなの？」

「ええ、お父様と義父上が対応してくれていますので」

お父様と義父上は、西部の領地替えの対応をしてくれています。

領地替えの通告が届くと、西部は当然荒れました。特に代表として会議に参加していた貴族たちは激しい突き上げをくらっており、中には当主の座を降ろされた者もいるという程です。

「当主が代わったからと、親と自分は無関係なので処罰の対象から外してくれと懇願する者が出たんだっけ？」

「ええ」

「はぁ……そんなのが許される訳ないのにね。本当、西部ってのはどうしようもない状態だったんだね」

「叩けば叩く程、埃《ほこり》が出るようなものですからね……」

当然ながら、そんな主張を受け入れることは出来ません。

いくら当主を代えようとも、家が罪を犯していた事実は消えません。私たちも納得出来ないでしょうし、何よりも民たちが許さないでしょう。

彼等《かれら》が不用意に騒ぐせいで、民の間にもこの話が広がりました。

当然、民たちは激怒しました。貴族と商人、どちらに対しても強く抗議を始めたと聞いています。中には領内で反乱が起きかねない程に荒れたと義父上から報告がありました。

今回の不正に関わっていたのは貴族と商人です。彼等はその立場であるが故に富裕層と見なされます。その立場を利用して、不当な手段で金を稼いでいたことが発覚。

それによって王家から怒りを買ったということが不安に繋《つな》がってしまったのだろう、と義父上は話していました。

そうなれば利に敏感である彼等は互いに裏切り、そして蹴落とし合いまで始まってしまいました。

自分が助かるために他の誰かを売る。しかし、その者も別の誰かに売られ……。

それが繰り返され、西部が犯した不正の情報が山ほど王家に寄せられたということです。中には欺瞞《ぎまん》情報も紛れているということで、珍しくミゲルが悲鳴を上げていました。

彼曰《いわ》く、仕事がいつもの三倍になったとか。

あのミゲルが「誇りはないのか、こいつらは！」と憤慨していたそうです。それを聞いたラングが何とも言えない顔をしていたとマリオンから近況報告を受けた時は、アニスと一緒に笑い転げてしまいました。それは、ミゲルが言えることですか？

しかし、この騒ぎはそのままにはしておけません。

ですので、少々計画を前倒しで領地替えの宣言を行うことにしました。民の不満を宥《なだ》めるため、罪を認め、領地替えを了承した貴族から保護することにしたのです。

南部には行きたくない。けれど、このまま西部に留《とど》まっても民たちの暴動が起きるかもしれない。もしも民による暴動が起きたら、西部の秩序を保つためという名目で介入するつもりでした。

実際、幾つか王家として介入した領地がありました。アニスに対して侮辱の言葉を吐いたレグホーン伯爵も暴動を許してしまった一人です。

ただ、彼には同情の余地があります。直訴の噂が広まると家臣からも距離を取られてしまい、民の暴動を止める者がいないどころか、逆に暴動を煽《あお》る者が家臣の中から出てきてしまったのですから。

王家が介入したことで命は助かりましたが、このままでは統治は不可能であるということで一足先に爵位を剝奪するしかありませんでした。

なので、彼のことはレグホーン元伯爵と呼ぶのが正しいです。

そんな暴動をキッカケとして、西部の貴族たちは折れました。南部は危険な土地ではあるけれど、このままでいても民が暴動を起こしかねない。そして、暴動が起きてしまえば王家が介入してきて立場が更に悪くなってしまいます。

もはや詰みとも言える状況で、彼等の選択肢は多くありませんでした。

そして、貴族よりも選択肢がなかったのは違法品に手を出していた商人たちです。

彼等は貴族の後ろ盾があったからこそ、違法品の売買に手を出すことが出来ていたのです。その貴族が力を失えば、当然ながら彼等を守るものはありません。

そして、商人には貴族と違って領地を移して命を長らえるという救済もありません。違法品の中でも特に悪質なものに関わっていた者には死刑を言い渡すこともありました。

命が危ないとなれば、当然ながら逃げだそうとする者が出てきます。ですが、これにはローシェンナ侯爵と彼を慕い、早くに王家に恭順する姿勢を見せていた貴族たちが捕縛に協力してくれたことで順調に捕らえることが出来ているそうです。

かなりの数の商人が捕らえられてしまったので、西部の流通に問題が起きるのではないかという不安がありましたが、商人というのは強《したた》かなもので、その穴を埋めるように新顔の商人たちが勢力を伸ばしているという話です。

また同じようにならないように監視の目は厳しくしないといけませんが、新たに西部の体制を整えていく際の課題になっていくでしょう。

西部の状況は概《おおむ》ね、このようになっています。後は、南部に送られる前に武闘大会で目をかけて貰《もら》えることを狙うしかありません。

まだまだ忙《せわ》しない日々が続くと思いますが、西部の問題については解決の方向へと向かうでしょう。

ここ最近、頭を悩ませていた問題が解決に向かったのを感じて胸のつかえが下りるような気がしました。

「あとは武闘大会が無事に終われば一段落ですね」

「そうだね。……そうすれば、ユフィはまた王都に戻らなきゃいけないね」

「……そうですね」

魔学都市での生活は、本当に楽しかったです。

急遽《きゅうきょ》、私が滞在するということで完成が急がれたアニスのための屋敷《やしき》で、女王としてではなくユフィリアという一人の人間としていられる時間。

どうしても目を通さなければならない政務は王都をエアバイクで行き来してくれる者を通してこなしていましたが、それ以外は本当に気楽に過ごさせて頂きました。

アニスも私に気を遣って、なるべく一緒にいるように心掛けてくれました。そのお陰で人としての感覚は大分取り戻せました。

しかし、ずっとこのままと言う訳には行きません。私は女王としての責務を果たさなければならない……。

「国王って、何なのでしょうね」

国が国として纏《まと》まるためには国王は欠かせません。国王とは国の象徴であり、楔《くさび》であり、重石《おもし》です。わかってはいるのです。

でも、今回の一件で、この国に必要な国王とは何なのか考えることが増えました。

精霊契約から始まった、民の苦境を救うための国王。それが人の願いの鏡となりすぎて、最後には人の手によって滅ぼされました。

そうして残された魔法の恩恵で国を守りながら今日まできました。私たちは国を蝕《むしば》む呪いとなりかけていた魔法を正しい形で残そうとして頑張っています。

でも、今回の一件のように都合の良《い》い思いを私に重ねて、望まぬ方向に進めようとする者たちが現れました。

仕方ない、全ての人に理解される訳ではない、私たちが望まぬ方向に進む者たちだって現れて当然なのだとわかっていても、心に淀《よど》みのようなものが溜《た》まってしまいます。

「国王って何なのか？　って聞かれると難しいよね。わかりやすいのは国の頂点に立つ人で、象徴とも言うべき人」

その答えは概ね私と同じと言えるでしょう。やはり、王とは国の頂点に立ち、象徴となる者なのだと思います。

「でも、結局国によってどういう王が望まれるのかも変わっちゃうと思うんだ。特にパレッティア王国は魔法によって成り立っている国だしね」

「そうですね」

「だから、やっぱり魔法について考えないとパレッティア王国における国王が何なのか、という答えは出ないいんじゃないかと思う」

「……魔法について考えなければならない、ですか」

「この国は魔法によって守られてきた。だから魔法使いは尊ばれることで貴族になった。そして国の根幹として根付いていった。それは賞賛と共に誇りになって、貴族とは優れた存在であると人は思うようになった」

「……でも、その誇りによって貴族は腐敗しました」

「そうだね……貴族は確かに尊い存在なのかもしれない。でも私は、人はそう簡単に強くなれるものだとは思ってないんだよね。そして貴族も人でしかない」

「人として強くならないと、貴族という名声と誘惑には耐えられないのかもしれないね。私も王族であることから逃げてしまったから。王族と貴族じゃ責任の重さは違うけれど、近いものであることに違いはないからね。だからこそ、そう思うかな」

「人として強くならないと、貴族であることに耐えられない……ですか」

　それは、確かにその通りなのかもしれません。

　脳裏に思い浮かぶのはローシェンナ侯爵の姿です。最後に見た時は、疲れ切った老人のような姿になっていました。

　西部の腐敗を食い止められなかった人でありましたが、最悪の結果にならなかったのは彼がいてくれたからでもあるのでしょう。そう思えば評価の難しい方ですが……。

　ローシェンナ侯爵は理想の国王が現れてくれることを願い続けていました。自分に現実を打ち破る力がないと諦めてしまったから、救いを求めたのでしょう。

　好きにはなれませんが、レグホーン元伯爵も同じように救いを求めたのでしょう。

　彼等は現実の辛《つら》さから、自分の信じるものを追い求めて逃避をしてしまった。そう思えばしっくりきてしまうのです。

「人として強くあるためには、どうすれば良いのでしょうかね……」

「それもまた難しいね……でも、私なりの答えはあるかな」

「それは？」

「自分も含めて、人を大事に思うこと」

「人を大事にですか。……それは確かにその通りですね」

「人を大事にすれば強くなれるというのは、とてもわかりやすい答えです。

そう思いながらアニスをジッと見つめていると、アニスが照れたように微笑《ほほえ》みました。

そのままお互い、顔を見合わせて笑い合います。

「どうして笑うのさ、真面目な話をしてたのに」

「アニスこそ、私が見ただけなのに笑ったじゃないですか？」

「だって、凄《すご》く熱心に見つめてくるんだもん」

「理由はわかってるでしょう？」

「あーもうー！　うるさい、うるさい！」

アニスは赤くなった顔を隠すかのように手で遮って、そっぽを向いてしまいました。

その仕草もあまりに愛《いと》おしくて、胸に温かい思いが満ちていきます。

「……ねぇ、ユフィ」

「はい？」

「私、武闘大会で優勝したいな」

唐突にぽつりと呟《つぶや》いた内容に私は目を丸くしてしまいました。

実は、アニスが武闘大会に出たいと言うのは事前に聞いていたのです。そこには今回の一件に対する意趣返しであり、魔道具の宣伝のためという目的がありました。

アニスの他にもナヴルやガーク、そしてシアン男爵も参加するそうです。

だけど、優勝したいというのは初めて聞きました。アニスは自分の強さを誇示するようなことには興味がないと思っていましたが……。

「どうして唐突に優勝の話を？」

「私も色々と考えてみたんだ。……なんか、遠慮しすぎたのかなって」

「遠慮ですか？」

「貴族たちに、だよ。長年の染《し》みついた癖みたいなものだと思うんだけど……」

「……まぁ、変に遠慮しているところはありましたよね」

それは魔法を使えない王族として生まれたアニスなりの処世術だと思っていましたが。

「うん。でも、遠慮してるだけじゃ舐《な》められるんだなって。今まではそれでも良かったけど、もうそうも言ってられなくなってきたなって。今回の一件だと、私が舐められたせいでユフィに迷惑をかけちゃったからね」

「それは、あちらが悪いと思いますが」

「私もそう思う。でも、私がもっと力をわかりやすい形で示してたら、自重してくれたんじゃないかって思うとね。警戒はされるんだろうけど、舐められるよりはずっといいかなって考えてさ」

「そうですね……アニスが侮《あなど》られたままでいるのは、私としても不本意です。でも、良いのですか？」

アニスの実力は、はっきり言って国内でも五指に入ると思っています。

ですが、アニスの力は魔法を絶対視しているパレッティア王国では異端な力でしょう。今では魔道具という存在が広まって緩和されていると思いますが、アニスが力を示すことでアニスに恐怖を覚える人が危機感を募らせるかもしれないというリスクがあります。

それを思えば、無理にアニスが力を示す必要はないのではないかと思いますが、そうも言ってられないという意見もわかります。

でも、それによってアニスが傷ついてしまわないでしょうか？　そこは不安に思ってしまいます。

そんな私の内心を悟ったかのように、アニスは口を開きました。

「正直、不安はあるよ」

「アニス……」

「あんまり力で押さえ付けるようなことはやりたくなかったしね。でも、そう思っちゃうのは、アルくんがいた時の経験が尾を引いているのかなって思ってね。私が力を持ちすぎたら余計なことを考える人が増えそうで、それが怖かったんだ」

痛ましい、と思ってしまいました。異端であるからこそ、目立ちすぎないように。仮に目立ったとしても相手にされないように。

自分には担《かつ》がれるような魅力は何一つないのだと、笑いながら仮面を被《かぶ》る。過去のアニスを思い出すと、今でも胸が引き裂かれるように痛みます。

すると、アニスが笑みを浮かべてこちらを見ました。その笑顔は穏やかで、安心させてくれるような頼もしさを感じさせてくれます。

「でも、もっと怖いことがあったんだ」

「それは……？」

「ユフィを守れないこと」

アニスの言葉を受けて、心臓がおかしな具合に跳ねました。これは、あまりにも不意打ちではありませんか？

動揺を表に出さないように取り繕っている間に、アニスは言葉を続けました。

「私が躊躇《ためら》ったせいでユフィを守れなかったら、私は一生そのことを後悔する。失敗するかもしれない。間違うかもしれない。それでも、逃げることだけはしたくない。ユフィの隣に立つのに相応《ふさわ》しいって皆からも思われたい。貴方《あなた》の隣には私だけで良いんだって認めて貰《もら》いたい。それが一番良いことなんだって、そう思って欲しい」

「アニス……」

「だから、私は私の価値を認めさせに行くよ。たとえ、それが人から恐れられる結果になったのだとしても。それを受け止めて、私は皆に希望を与えられるような人になる」

そう言ってからアニスが浮かべた笑みは、目を細めたくなってしまいたくなる程に眩《まぶ》しいものでした。

何かが変わったのだと、そう思いました。その変化をまだ私は言葉にすることは出来ません。でも、間違いなく良い方向に変わったことだけはわかります。

アニスがそんな笑みを浮かべてくれた。それが、何だか踊り出したくなってしまう程に嬉《うれ》しいのだと感じるのです。

「だから、まず武闘大会で優勝したいんだ。まずは国で一番最強の騎士団長ってことで。どうかな？」

「……アニス」

「うん」

「お祝いの言葉を考えておきますね」

「うん」

「怪我《けが》はなるべくしないでください」

「うん」

「張り切りすぎて、失敗しないでくださいね」

「うん」

「応援してます」

「うん」

「……待ってます。だから、早く隣に来てくださいね」

　私、あんまり我慢強くないって気付いたんですよ。貴方は、それを知っていますか？

＊＊＊

　武闘大会の当日。私が作り上げた広場には即席の観客席が組まれており、参加者たちが続々と集まっていました。

　この日のために宿を急遽《きゅうきょ》、作り上げてくれた大工の皆には感謝しないといけませんね。

彼等《かれら》が間に合わせてくれなければここまでの人を受け入れることは出来ませんでした。

武闘大会が終わった後でも、何か褒賞を渡すことも検討しましょうか。

私がいるのは王族のために用意された特別席。そこには義父上《ちちうえ》と義母上《ははうえ》、そしてお父様とスプラウト近衛《このえ》騎士団長がいました。

「いやぁ、今日という日を迎えられたこと、実にお目出度《めでた》いですな！」

「ははは。お前も今日は随分と羽目を外しているな、マシュー」

「今日は休暇のようなものですからね。名目上は大会の視察として来ておりますが」

「悪知恵が働くようになったではないか。息子が出場するからともぎ取ってきたか？」

「おやおや、陛下。人聞きの悪いことを仰《おっしゃ》いますなぁ！」

「もう陛下ではないよ、昔のようにオルファンスで構わん」

「はっはっはっ！　これは失敬を、オルファンス様！」

……義父上とスプラウト騎士団長、こんなに仲が良かったのですね？

私が目を丸くしていると、義母上が穏やかな笑みを浮かべたまま教えてくれました。

「マシューはクーデターを鎮圧する際に色々あってね、それから仲が良《い》いのよ。ちなみに仲が良いことをあまり表に出さないのは、マシューが生真面目だからよ」

「これでも近衛騎士団長ですからね、公私は区分けしておきませんと」

「そう言って私に仕事を押しつけられるのが嫌で逃げ回っていたのだろう？　知っているのだぞ？」

「おやおや。グランツ公、もしや私を売りましたかな？」

「何のことだかわかりかねるな」

義父上どころか、お父様まで悪い笑みを浮かべて会話に興じていますね。

少し、いえ、かなり意外だと思ってしまいます。何せ、あのお父様ですし……。

「マシュー、あまり遊覧気分でいて貰っても困る。一応、名目上は視察で来ているのだからな」

「そう言いながらも名前を呼んでいるではありませんか、グランツ公」

「察しろということだ」

「相変わらず嫌なお人ですなぁ。そう思いませんか、ユフィリア女王陛下？」

「えっ？　は、はぁ……確かにグランツ公は嫌味な人だと思っていますが」

「はっはっはっ！　ここでは人の目はないのです！　以前のように父と呼んでも咎《とが》める者はおりませんよ！」

楽しげに笑いながらスプラウト騎士団長はそう言いました。私が反応に困っていると、義父上が苦笑をしながら肩を竦《すく》めました。

「ユフィリア、私たちの前では以前のように振る舞っても咎めはしないよ」

「ですが……」

「お前がグランツと縁を切ったというのは十分に知れ渡った。政治においてもぶつかることが多いのもな。用心は必要だが、何も関係の全てを絶つ必要はないのだ。こういうのはうまく隠れながらやるものだぞ。マシューだって私的な場面ではこのように振る舞うのだからな」

「要領がいいと褒めてくださっても良いのですよ？」

「それは今のように落ち着いたから出来るようになっただけでしょう？　昔はガチガチに頭が固くて、よくオルファンスに逃げられたじゃないの」

義母上がクスクスと笑いながら言うと、スプラウト騎士団長は頭を掻《か》きながら笑い始めました。

「そうですな！　悪い遊びは大体オルファンス様に教えて頂きましたな！」

「人聞きの悪いことを言うな！　ただのお忍びだったぞ！」

「懐《なつ》かしいわ、護衛をすると言い張るマシューを振り切って市場を覗《のぞ》きに行ったの」

「懐かしいですなぁ。昔の陛下は本当に悪ガキでした。今ではすっかり苦労人になってしまわれて……」

「止《や》めよ！　最近はようやく年相応だと言われるようになってきたのだぞ⁉」

「確かにふっくらして、肉が付いてきましたね？　良きことです、オルファンス様の若い頃を思い出します！　武芸の腕はからっきしなのに、体力と逃げ足だけは人よりも優れておりましたからな！」

「マシュー、実は昔のことを根に持っておるな？」

「はっはっはっ！　まさかですな！　国王になってからつまらなく……いえ、とても落ち着かれて頼もしく思っておりましたとも」

スプラウト騎士団長、よく笑いますね……。

でも、義父上がとても楽しんでいるように見えるので、これで良いのだとも思います。

ふと、気になってお父様の方を見るととても穏やかな表情をしていることに気付きました。これもまた新しい発見です。

すると、私が見ていることに気付いたのか、お父様と目が合いました。

「公私を区別出来るのなら、私から言うことはない。好きにしなさい」

「……良いのですか？」

「自信がないのなら、いつも通りで構わん」

……もの凄《すご》くイラッとしました。やはり、お父様はお父様でしかありませんね。

「別に、このままで良い気がしてきました。まさか、今でも親しいなどと思われては非常に不本意で迷惑ですから」

「そうか、それは何よりだ。こちらも子どもだからと気を遣わなくて済むというもの」

「いつまで子ども扱いをするつもりで？」

「さて、な。いつまで続くか試してみるといいだろう」

思わず舌打ちが出てしまいました。義母上が目を丸くして私を見ましたが、すぐに苦笑を浮かべます。

「まぁ、ユフィリアが舌打ちをするだなんて……」

「……失礼しました」

「グランツ、お前なぁ……」

「おや、そろそろ最初の試合が始まりそうですよ」

義父上が非難がましい視線をお父様に向けましたが、お父様は話を変えるように会場へと視線を向けました。

歓声が大きく響き渡ります。観客席にいるのは魔学都市で建設に携わっている者たちが多いようです。まだまだ発展途上で娯楽が少ないですからね、こういった催しは喜ばれるのでしょう。

それに、各地からお父様たちと同じように視察に訪れている者たちもこの試合を見ています。

最近のパレッティア王国では、身分を問わずに有能な人材を求める傾向にあります。

それはアニスによる魔学都市の建設から始まった流れなのでしょう。だからこそ、この機会を摑《つか》もうとする者、逆に才ある者を手元に置こうとする者、どちらの動きも活発になっています。

この武闘大会も、その流れを後押しする筈《はず》です。

「なかなかの賑《にぎ》わいですな」

「ええ、本当に」

「……国が落ち着いてきた証《あかし》にも思えますな」

「……スプラウト騎士団長？」

ふと、スプラウト騎士団長が喧噪《けんそう》に飲まれてしまいそうな程の小さな声で呟《つぶや》きました。

彼に視線を向けると、まるで眩しいものを見るように開始された試合を見つめています。

どうしてそのような表情を浮かべているのでしょうか？　それに、さっきの言葉の意味は一体……？

私の疑問を悟ったのか、スプラウト騎士団長が続けました。

「オルファンス様が即位された頃は、何から何まで余裕がありませんでしたからな。この催しも、その当時にやろうとすれば金が勿体《もったい》ないとケチを付けられていたでしょう」

「クーデターを鎮圧した後だったのだ、致し方あるまい。そのくせパーティーを開いている者たちが多くて閉口したものだったがな。それだけの金があるなら、もっと別のことに使って欲しいと何度思ったことか……」

「過去の魔法省の者たちは何かとやかましかったですからな！　いやはや、私も困りました！　いや、あれを魔法省の者と言ってしまうと語弊を生みそうです。処罰されたシャルトルーズ伯爵など、とにかく王家にケチを付けねば気が済まなかった奴等《やつら》でしたからね」

「……そんなに酷《ひど》かったのですか？」

「酷いかどうかと言われれば、そこまで？　ただ陰湿ではありましたな。オルファンス様が強く出ないとわかっていて、譲歩を引き出すために騒ぎ立てるのですよ。勿論《もちろん》、そこで王家を怒らせては非があるのは自分となってしまいますから、細心の注意を払っていましたが。いや、あの立ち回りは見事なものだと感心してしまう程でしたよ」

「やめよ、マシュー。思い出すだけで老《ふ》け込んでしまいそうだわ」

本気で嫌そうな表情で義父上が呟きを零《こぼ》しました。それにスプラウト騎士団長は軽く肩を竦めてみせました。

「あれでも表向きはオルファンス様の即位に協力した者たちでしたからな。致し方ない、と言うしかありませんでしたが……あまり戦でも役に立った覚えもありません」

「えっ、そうなのですか？」

「ええ。まぁ、彼等は元々魔法の研究者であって戦場に立つことが本分ではありませんでしたからね。主に防衛戦で敵を近づけないように魔法を撃ち込んで貰《もら》っただけです。魔法の腕前だけなら目を瞠《みは》るものがありましたからな」

「それだけでもありがたかったですよ、背後を気にせずに済むだけで楽になりました」

「最早《もはや》、グランツ公とシルフィーヌ様の両翼だけで切り込んでいたようなものですからな。いやはや、懐かしい」

「……かつての魔法省は義父上たちから見ても信頼出来る相手ではなかったということが改めて理解出来ました」

「いやいや、確かに小言やら文句やら策謀やらが多かったですが、あやつらがいなければ政《まつりごと》が回らなかったというのも癪《しゃく》ですが認めないといけませんがね」

「うむ。今回の西部ほど酷い者はそういなかったからな。それで言えば、あのシャルトルーズでさえ西部には眉を顰《しか》めることが多かったな。それと同じぐらい、私のことを頼りない王だと蔑んでいたが」

「頼りないのはどっちか、という話ではありましたがな。……可能であれば、もっと頼りになる方々に生き残って頂きたかった」

「降伏してくれれば、な。だが、私を王としては認められないと言うのだから致し方ないことであった」

「私の実家も含め、名門と呼ばれていた家の多くが断絶してしまいましたからね……」

ぽつりと、義母上《ははうえ》が視線を遠くしながら呟きました。

私も王になってから改めて記録を遡りましたが、クーデターによって断絶した家はかなりの数になりました。

特に王家の血を継いでいた家の多くが、クーデターによる粛清を受けて断絶しました。今でも残っている家はごく僅かです。

残った家も血縁から養子を取ることで当主として宛がい、名前だけを受け継いでいる状態です。それを国が保護しており、政治的な実権は無いに等しいです。

次に被害が大きかったのは、当時は名門と呼ばれていた家でした。力を持っていた故に勢力が二分され、クーデターの中で数を減らしていきました。

それによって家名だけを残して断絶した家がほとんどです。義母上のメイズ侯爵家などが、その例に該当します。

「戦働きではどうしてもグランツ公とシルフィーヌ様に劣りましたからな。まぁ、劣等感があったのでしょう」

「劣等感ですか？」

「魔法の腕前だけは目を瞠るものがあった、と言ったでしょう？　彼等は戦場で自分たちが華々しい活躍をして功績を得られると思っていたのです。そうすれば自らの家を興《おこ》すことも夢ではない、と。蓋を開けてみればグランツ公とシルフィーヌ様が強大すぎて存在が霞《かす》んでしまいましたが」

「……それは、何とも」

「あの時は誰もが必死でしたからね、我々も若かった。周囲の目を完璧に把握出来ていませんでした。そんなことをしている余裕もない。とにかく国を安定させることに腐心しました。……ユフィリア女王陛下を見ていると、まだまだ精進が足りなかったのだと思いますがね」

「……私は、良き王だと言えるのでしょうか」

思わずそんな呟きを零してしまいました。

すると、皆の視線が私に集まります。しまった、と思った時にはもう遅いです。

「すいません、忘れてください」

「ふむ……ユフィリア女王陛下が良き王かどうかですか。それは、わかりませんな」

スプラウト騎士団長があっさりとそう言いました。意外に思ってしまって視線を向けると微笑《ほほえ》ましいものを見るような瞳と目が合いました。

「良き王など、自分が決められるものではないでしょう。無論、良き王であろうと励むことは出来ると思いますが、励んだからといって良き王だと呼ばれる訳ではありません」

「……それは、そうですが」

「結局は人次第ですな。良き王だったと、それが答えになるのは王でなくなってからでないとわからないものかと思います」

「……王でなくなった後」

「今は良き王でも、晩年まではわかりませぬ。オルファンス様もそうであったでしょう？評価も二分されておりますしな！　穏やかな王であったとも、優柔不断な王であったとも言われております！」

「まったく、うるさいことよ」

「その評価も、オルファンス様が多くのものを拾い上げようとした結果ですな。それで、ユフィリア女王陛下。オルファンス様は良き王と言えましたか？」

「……少なくとも、私にとっては」

「光栄なことでございますな、オルファンス様」

「どうしてお前が言うのだ？　しかも、まるで私が言わせているようではないか」

義父上《ちちうえ》は不満げに表情を歪《ゆが》めながら言いました。そのようなことはないのですが……。

「ユフィリア女王陛下にオルファンス様を良き王だと仰《おっしゃ》って頂けることは嬉《うれ》しいことです。ですが、たとえばシャルトルーズ伯爵などはオルファンス様を良き王だと認めないでしょう。では、良き王とは誰が決めるのでしょうか？」

「……わかりません」

「ええ、誰も決められません。だからこそ、自分の中に答えを持つのでしょうな。この人こそが良き王なのだと信じるのです。私なりに敢《あ》えて定義するなら、良き王というのは人に選ばれる王なのでしょう」

「人に選ばれるのが、良き王」

「選んでくれたのが、ただの一人でも良いのです。その人だからこそ託せる、信じられる、付いていける。そう思わせる者こそ、良き王と言えましょう」

「……であれば、私はどうでしょうか。良き王になれる道を進めていますか？」

「そうですね……一つ、問いかけを。ユフィリア女王陛下はご自分が孤独だと思われていますか？」

「はい？」

突然の質問に私は首を傾《かし》げてしまいました。私が孤独であると思うか、ですか……？

「どうでしょうか？　貴方《あなた》は一人ですか？」

「……いえ、私の側《そば》にいてくれる人がいるので孤独ではないと思います」

「それこそが答えだと、私は思いますよ。愚かな王には誰も付いていかないものですからな。貴方様が孤独を感じていないのであれば、貴方を慕う者がいるということです」

「……それは、勿論」

最初にアニスの顔が浮かびました。それから次々と思い当たる人たちの顔が浮かんでいきます。

確かに、私は孤独ではありません。

「良き王とはなろうと思ってなれるものではないのでしょう。ただ、良き王であり続けようとすることが肝要かと思います。しかしながら、不安に思うこともあるでしょう。自分が進む道を誤っていないかどうか。それを知るには己の周りにいる者を見て、鏡とするしかないでしょうな」

「人を鏡に……」

思えば、私に対して皆似たようなことを言ってくれました。

リュミ、レイニ、アニス、そしてスプラウト騎士団長。それぞれの言葉で私に伝えてくれたことは、必ず意味がある筈《はず》です。

「共に歩む者を大事にすることです。それが貴方様の助けとなることでしょう」

「はい、ありがとうございます」

「どうでしょうか、グランツ公。私もなかなか良いことを言ったと思いませんか？」

「それは私に対する当《あ》て擦《こす》りか？」

お父様は無表情のまま目を細めて、スプラウト騎士団長を見据えました。それに対してスプラウト騎士団長は肩を竦《すく》めるだけです。

「はっはっはっ、何故《なぜ》そのように思うのか皆目見当も付きませぬな！」

「ふん。良き王を語るならば、良き臣下であることを心掛けて欲しいものだ」

「それは勿論、この地位に恥じぬ忠誠をこれからも欠かさずに精進いたします」

「……スプラウト騎士団長は、まるでお父様と友人のように接されるのですね？」

「意外でしょうか？」

「意外ですね」

お父様の人となりを考えれば、義父上以外に友人がいるのかと疑問に思ってしまうのは当然のことでしょう。

私の返答が可笑《おか》しかったのか、スプラウト騎士団長は何度も頷《うなず》いています。

「そうでしょう、そうでしょう。公私をしっかり分けるのは良いと思うのですがね、それにも限度というものがありましょう」

「マシュー、それはお前にも言えることではないか？」

「私はグランツ公を見習っているだけですよ。反面教師も含めて、ですが」

「……お前たちのグランツの評価には、ほとほと涙が滲《にじ》んでくるよ」

二人のやり取りを聞いていた義父上が深く溜息《ためいき》を吐き出しました。すると今度はお父様が義父上へと視線を向けます。

「それは私を笑っているのか？　オルファンス」

「笑っているのはシルフィーヌだろう！　私は心配してやっているのだぞ！　というか、お前はわかっていてからかっているだろう、グランツ！」

義父上が怒鳴り声を上げますが、それに対してお父様たちは笑うばかりです。義母上に至っては涙が浮かぶ程に震えています。

その光景を見て腑《ふ》に落ちました。きっと、良き王とはこういった光景を守れる人なのだろうと。私はお父様たちのこういった一面を知らずに育ってきました。ずっと見せないようにしてきたんじゃないかと、今は本当に気が抜けているのだろうと思いました。

女王になり、その責務を背負ったからこそ理解出来るのかもしれません。気を抜きすぎても、気を張りすぎてもこの重責には耐えられないのでしょう。どうすればいいのか、ずっと繰り返し問われ続けるのです。その選択の重さに惑い続けるのでしょう。

だから誤った道を進まないためにも、人との繋《つな》がりを大事にしなければならない。私を心から大事にしてくれる人たちを。私が私であるために。そう思えば目の前が開けるような気分にさえなりました。

私も、お父様たちのように笑い合っていたいと思ったのです。そのためには余裕が必要です。誰もが笑い合えるだけの余裕を持てる国にすること。それが、私の思う良き国王であることなのだと。

何だか、無性にアニスの顔が見たくなってしまいました。

「あら、マシュー。あれはナヴルでは？」

「む、愚息の出番ですか。最近はかなりマシになってきておりますが……さて、どうなるでしょうか」

会場へと視線を向けると、丁度ナヴルの出番でした。相手は杖《つえ》を持っているところを見るに貴族のようです。

試合開始の合図が告げられると、ナヴルは一気に前へと出ました。対戦相手の貴族は後ろに下がって魔法を放って距離を取ろうとします。

しかし、ナヴルは魔法を切り払いながら距離を詰めて首筋にマナ・ブレイドを当てました。あまりにもあっさり試合が終わってしまい、対戦相手が呆然《ぼうぜん》としています。

「あれはダメですな、魔法に頼り切った典型的な貴族です。まだ未熟な愚息ではありますが、あれでは相手にもならないでしょう」

「うむ。戦場では後方にいて貰《もら》うぐらいしか活躍の場はなさそうだな」

「何故出場したのでしょうか？　魔法を使えればどうにかなるとでも？」

「恐らくは西部の貴族であろう。余程、南部には送られたくないらしい」

お父様たちが辛辣な意見を言い合っています。確かに、あの調子では迎えたいと思うような人はいないでしょう。最悪、持ち場を離れて逃げ出しそうな気配すらあります。

ナヴルは何の感慨もなさそうに一礼をしてから会場を後にしました。

「今日は外に出した息子の研鑽《けんさん》が見られるかと思いましたが、測れるような相手ではありませんでしたな」

「今日はマナ・ブレイドを使っていますが、アニスが開発したヴィントであれば更に油断出来ない実力はありますよ」

「ヴィントとは、例の新型魔剣ですか。私も手に取ってみたいものです。どうでしょうか、ユフィリア女王陛下？　まず試しに近衛《このえ》騎士団にも一本用意して頂くのは？」

「考えておきましょう」

私たちが会話をしている間にも試合が進んでいきますが、特に注目したいのは魔道騎士団の騎士たちです。

現地ということで参加者も多かったのですが、勝ち上がる者が多いようです。その中にはガークもいるのを見かけました。彼も危なげなく勝ち上がったようですね。

先程、お父様たちに酷評されていたような貴族たちはほとんど一回戦で敗退しているようです。

だいたい西部の貴族だと聞いて溜息が出てしまいそうになりましたが、その中でもちゃんと勝ち上がっている者もいます。騎士団出身の者が多く、この大会で自分の未来を切り開こうという気概に溢《あふ》れているのでしょう。

気になることは多くありますが、その中でもやはり一番気になるのはアニスです。

とはいえ、心配はしていません。アニスの一回戦の相手は騎士だったようですが、あっさりと一撃で勝利をもぎ取っていました。あまりにも鮮やかな手並みに歓声が上がった程です。

そんなアニスの姿を義母上《ははうえ》が満足そうに見守っていて、私まで温かい気持ちになってしまいました。

その一方で義父上が「相手に要らぬ怪我《けが》をさせるんじゃないか心配だ……」と呟《つぶや》いていたのには苦笑してしまいましたが。誰の心配をしているんでしょうかね、まったく。

そうしている間に一回戦が終わった訳なのですが、それらを見て優勝するのはアニスしかいないだろう、という確信を持ちました。

勝ち上がっていけるような者たちの実力が低いとは言いませんが、今のアニスに比べては見劣りする相手しかいないと感じます。

アニス以外に目立っていると言えば、シアン男爵でしょう。彼は平民であり、魔法を使えないことが知られているのにも拘《かかわ》らず勝ち上がってきています。

今頃、イリアと一緒に観戦しているレイニはハラハラしているのではないかと思うと、何とも笑いが込み上げてきそうです。

そうして二回戦が始まったのですが……。

「む？　アニスの次の対戦相手だが……」

「えっと……」

「……あれは噂《うわさ》の彼では？」

「あぁ、レグホーン元伯爵だ。ユフィ、そうだな？」

「はい。彼も参加していたのですね……」

レグホーン元伯爵は一足先に爵位を取り上げられているので、貴族とは言えません。

このままであれば罪人として南部に送られ、苦役に就かなければならない筈です。それを回避するためには、ここで勝ち上がるしかないのでしょう。

それを思えば勝ち上がってきたのは評価出来ますが……。

「終わりましたな、あれは」

「アニスとぶつかるなんて運がないわね」

「余計な怪我だけはさせんでくれよ……」

スプラウト騎士団長と義母上があっさりと呟き、義父上は小さくぼやきます。

レグホーン元伯爵が手にしているのは杖です。そういえば、彼の一回戦の試合を見逃していました。スプラウト騎士団長との話に集中していた時にでも行ったのでしょうか？

ともあれ、魔法に頼っているだけではアニスには絶対に勝てません。アニスは魔法使いの天敵みたいな戦い方をしますからね。

二人が向かい合い、試合開始の合図が告げられます。私は何の心配もなく試合を見守ろうと思っていたのですが……。

「──おぉ、精霊よ！　今こそ、我が危機に応えたまえ！　この国に真の目覚めを与えるために、私に精霊契約を！　奇跡の力を与え給《たま》えェ──ッ‼」

……今、何が聞こえたのでしょうか？

困惑したまま、義父上《ちちうえ》へと視線を向けると私とまったく同じ動きをして目が合いました。

やはり、これって現実ですか？　現実のようです。義父上と一緒に溜息を吐《つ》いてしまいました。

ちらり、と窺《うかが》うとお父様は相変わらずの無表情で、対して義母上は満面の笑みを浮かべていますが、空気が軋《きし》むような音が聞こえてきそうです。

そして、スプラウト騎士団長。普段は物腰柔らかく穏やかな方ですが、珍しく冷笑を浮かべていました。

「……ふむ、どこから突っ込めば良いのやら。実際に見てみると言葉に困ってしまいますな。噂に違《たが》わぬ若者のようです」

「危機って何かしら？　自分が恥を晒《さら》すという危機？　真の目覚めって、自分が寝ぼけていることには自覚がありそうね」

「いやはや、ここはアニスフィア団長を褒めるべきでしょうか？　どうやら奇跡を願わなければ敵《かな》わない相手らしいですぞ？」

「彼には学習能力がないのかのう……」

皆揃《そろ》って辛辣なご意見ですね。どれも否定する気になりませんが。

まさか、アニスと対峙《たいじ》している場面であんな世迷《よま》い言を宣《のたま》うだなんて予想出来る訳ないじゃないですか。

「……アニス、殺してしまいませんよね？」

故意に殺傷してしまえば、アニスはその場で失格になってしまいます。まさか、それが狙い？　我が身を張ってまでアニスを陥《おとしい》れたいという覚悟なのでしょうか？

いけません、流石《さすが》にあんまりなことだったので頭が混乱しているようです。

それに誰も私の不安に答えを返してくれません。ハラハラとしながらアニスを見つめましたが、彼女に動きはありません。

暫《しばら》く重苦しい沈黙が満ちました。観客すらも何事かと黙り込み、何が起きるのかと不安そうに試合を見守っています。

レグホーン元伯爵も動きません。天に杖を掲げるような姿勢で止まったまま、目を閉じて祈りを捧《ささ》げているように見えます。

本当に一体、何をやっているんでしょうか……？

すると、アニスが何やらレグホーン元伯爵と会話を始めました。ここからでは会話が聞こえないので、風魔法を使って声を拾います。

「だから、貴方《あなた》は何がしたかったの？　もう再開していいの？」

「何故《なぜ》だ、どうして精霊は応えてくれないのだ……！　精霊契約とは、一体何なのだ！」

「ねぇ？　人の話、聞いてる？」

「どうしてだ、どうして……！　どうして魔法を使えない王女が優遇されるのだ！　立場も！　力も！　何もかも恵まれて！　どうして精霊に選ばれなかった者が全てを手に入れているんだ⁉　こんなの、おかしいだろう‼」

……いけませんね、私の方が我慢が利《き》かなくなりそうです。

もうどうしようもない人だという感想しか浮かんできません。この期《ご》に及んでまだ妄執に取り憑《つ》かれています。

そんなレグホーン元伯爵に対して、アニスは静かに語りかけました。

「何もおかしな話じゃない。精霊契約を願う心が本当に心の底からの願いなら、どんな形であれ精霊は応えてくれる。ただ、それだけの話よ」

「ま、魔法を使えないのに、何故わかるというのだ！」

「私が誰の隣に立つ人なのか考えて言ってる？」

「ぐっ……何故だ、何故、何故何故何故！　どうしてなのだ！　どうして救ってくれないのだ！　誰も、誰も‼　私は由緒《ゆいしょ》正しき貴族で……！」

「血の正統性に訴えるなら、それに相応《ふさわ》しい振る舞いをしなければならない。でなければ誰も認めないよ」

「うぅ、うぅうっ、うぅううう――ッ！」

「戦う気がないなら棄権しなさい！　ここは祈り縋《すが》る者のための場じゃない！　その気がないならさっさと去れ！」

「うぁあああああああ――ッ‼」

レグホーン元伯爵は、叫び声を上げながら魔法を展開しました。

数多《あまた》の炎の矢が空中に生み出され、それがアニスへと殺到するように放たれました。

普通の人間であれば死を覚悟してもおかしくありません。審判を務めていた騎士が慌てた様子で離れるのが見えました。

悲鳴が観客席から上がります。彼は馬鹿のようですが、魔法の腕前自体は悪い訳ではなさそうですね。

まぁ、相手がアニスなのが可哀想《かわいそう》ですが。

アニスはマナ・ブレイドを振るって、次々と炎の矢を叩《たた》き落としていきます。結局、炎の矢はアニスに掠《かす》ることも出来ずに散りました。

レグホーン元伯爵は未《いま》だに叫びながら魔法を放ち続けています。アニスはそんな彼の姿を哀れむように見つめながら、その場から動くことはしませんでした。

繰り出される魔法が、瞬《また》く間に叩き落とされていく。最初は悲鳴を上げていた観客席もすっかり静まりかえってしまいました。

そうして、気力が尽きたようにレグホーン元伯爵が膝を突きました。そんな彼に対してアニスは汗一つかくことなく、ただ悠然とその場に立っています。

「棄権、する?」

「はぁ……、はぁ……、はぁ……」

「立てないなら、棄権を」

「……ッ!」

「睨《にら》む気力があるなら、早く立ちなさい。精霊契約を望むのなら、この程度で膝を突いているようじゃ話にならない」

アニスはレグホーン元伯爵を睨み付けました。すると、レグホーン元伯爵は先程よりも身体《からだ》を震わせて、視線を俯《うつむ》かせてしまいます。

「精霊契約を望む？　そんな軽い覚悟でしていいものじゃないんだよ。まさか、自分の願望を叶《かな》えるための都合の良い手段だとでも思っているの？」

淡々と告げるアニスは、まるで彼を諭そうとしているかのようでした。

「契約の代償として何を背負うのかちゃんと理解しているのか怪しいくせに……どれだけの覚悟があって、ユフィが精霊契約を成し遂げたと思っているの？　ユフィの覚悟を馬鹿にするな、恥を知れッ！」

アニスの一喝が響き渡り、静寂が訪れました。その叫びは会場にいる者たちにはしっかりと聞こえたことでしょう。

一方で私は胸が高鳴ってしまい、手で押さえていないと飛び出してきそうでした。どこまでも真《ま》っ直《す》ぐな言葉が私の胸を打って止《や》みません。

「う……うう……！」

「喋《しゃべ》れもしないなら審判に判断を委ねるけど」

「ふーっ……！　ふーっ……！」

アニスが問いかけても、レグホーン元伯爵は何も答えられない様子だった。

暫くジッとそんな彼を見ていたアニスでしたが、興味を失ったと言わんばかりに溜息《ためいき》を吐いています。

「……南部で必死になって生き残ることね。死ぬ気で頑張ってたら、今度は精霊が応えてくれるかもしれないわよ」

アニスはそう告げてから審判に声をかけました。それと同時に、レグホーン元伯爵は崩れ落ちるように意識を失いました。

すぐに審判が駆け寄って、彼の状態を確認します。そして静かに首を振って、アニスの勝利を宣言しました。

次の瞬間、観客席からは歓声が爆発したように響き渡りました。

アニスはびくりと身体を震わせた後、気まずそうにその場を後にしました。

その仕草に思わず笑ってしまいました。なんでそこで慌てるんですか……。

「おぉ、流石アニスフィア団長。やりますな、在りし日のシルフィーヌ様を思い出しました。あの容赦のなさはそっくりで……」

「マシュー？　何か、言ったかしら？」

「いえ、何も！　シルフィーヌ様も立派に育って誇らしいでしょうな！」

笑いながらスプラウト騎士団長は義母上《ははうえ》から目を逸《そ》らしました。義母上は暫く睨み付けていましたが、そっと溜息を吐きました。

「まったく……頭に来ていたのはわかりますが、危ないことをしなくても良いのに」

「良いではありませんか。これで魔道具の宣伝にも効果が出てくることでしょう」

「グランツ、貴方はまたそうやってすぐに利益の話に……！」

「こらこら、ここで喧嘩《けんか》をするのは止《よ》しなさい」

義母上がお父様に噛《か》みつくように詰め寄り、そんな義母上を義父上《ちちうえ》が宥《なだ》め始めました。

そんなやり取りをしている間にレグホーン元伯爵が運ばれていくのですが、観客席からはアニスを称《たた》える声が繰り返し響き続けているのでした。

「……なんだか、照れてしまいますね」

困ったものです。アニスの言葉一つで、こんなにも胸が弾んでしまうのですから。

私の在り方を、願いを、覚悟を、それを全力で受け止めようとしてくれる貴方をどうして愛さずにいられるのでしょうか？

——あぁ、本当に。今すぐ貴方を抱きしめたくて仕方ないですね、アニス。

エンディング

武闘大会は、アニスとぶつかったレグホーン元伯爵が小さな騒ぎを起こした以外は大きな問題が起きることもなく決勝戦まで執り行われました。

まず、結果だけ言えば優勝したのはアニスでした。この結果になることは疑っていなかったので、私からすれば順当でした。

そして二位ですが、これが驚きの人物でした。

なんと、シアン男爵が準優勝したのです。つまり決勝戦でアニスと戦ったのは彼でした。

この結果には多くの人が驚いていました。何せ、武闘大会で決勝まで残ったのが魔法を使うことが出来ない二人だったのですから。

しかし、この結果に文句を付けるのは難しいでしょう。それだけアニスとシアン男爵の戦いは白熱したのですから。

シアン男爵はアニスに負けず劣らずの判断力と反応速度で試合を進めていましたが、それでもアニスの猛攻を前にして敗北を喫してしまいました。

けれど、それが逆に驚きを呼んだのでしょう。何せ、この大会中でアニスは一撃で勝負を決めることがほとんどだったからです。それだけにシアン男爵の実力というものが浮き彫りになりました。

正直、望んだ以上の成果が得られたと思っています。この二人が武闘大会で優勝と準優勝したというのが今後の布石となるでしょう。魔法にだけ拘《こだわ》っていた貴族たちが一回戦で敗退していったというのも合わせて、魔道具の有用性を喧伝《けんでん》する結果になったでしょう。

そして、私は三位まで残った出場者たちに祝いの言葉を授ける役目を果たすため、出場者たちが入室してくるのを待っていました。

「ユフィリア女王陛下、入賞者の皆様をお連れしました」

「ええ、通してください」

私が指示を出すと、案内の者が一度下がりました。

アニスが来るのを今か今かと待っていると、一緒に待っていた義父上が苦笑しながら声をかけてきました。

「ユフィリア、少し落ち着きなさい。こちらに通しているとはいえ、女王として祝福を授けるのだからな」

「……はい」

義父上に注意されてしまいました。少しだけ恥ずかしいです……。

「こうも落ち着きがないのは珍しいものだ」

「グランツ、茶々を入れるんじゃありません」

お父様が余計なことを言うのでイラッとしましたが、義母上がすぐに庇《かば》ってくれました。

仕方ないじゃないですか、アニスが優勝してくれたのですから。

優勝するだろうとは思っていても、怪我《けが》もなくちゃんと優勝してくれたことは嬉《うれ》しいのです。それを喜んで何が悪いというのでしょうか？

そんなことを考えていると、扉が開かれました。案内の者に先導されて入ってきたのは優勝者のアニス、準優勝者のシアン男爵、そして三位まで勝ち上がった壮年の男性です。

彼の名前はデリック・セラドン伯爵。北部から参戦したという騎士で、髪の色は暗めの深緑色、瞳の色は柔らかな黄緑色。彼は何故《なぜ》か私を見ると嬉しそうに顔を綻ばせました。

「お久しぶりです、ユフィリア女王陛下。お元気そうで何よりです」

「久しぶり……？　どこかでご挨拶させて頂いたでしょうか？」

どこで会ったのか記憶にありません。内心、少し焦《あせ》っているとセラドン伯爵は楽しげに笑いました。何故かアニスとシアン男爵まで笑っています。

どうして二人まで笑っているのでしょうか？

「これは失礼致しました。こうして直接、顔を見せるのは初めてなので誰かわからないでしょう。私です、ドラゴン討伐に参戦していた騎士団長と言えばわかりますか？」

「……えっ⁉　ドラゴン討伐の時の⁉」

「驚いたでしょ？　まさか準決勝まで勝ち上がってくるなんて、ビックリしちゃった」

それはアニスが知っていてもおかしくない筈《はず》です。そうですか、あの時の騎士団長でしたか。アニスの言う通り、驚いています。まさかこのような形で再会するなんて。

「ほう、ドラゴン討伐に参戦していたということは黒の森の守護を担《にな》っているのか？」

「はい、オルファンス先王陛下。今でもかの森の守護を務めさせて頂いております。かのドラゴン襲来の際にはアニスフィア王姉殿下とユフィリア女王陛下の助力を頂き、心より感謝しております」

「良い、あれは美談に仕立てているが娘の暴走だ。結果として良い方向に向かったから良いものの、そなたには心労をかけたことだろう」

「いえいえ、そのようなことはございません。それに、あのドラゴン討伐を間近で見ていた身として、刺激を受けました。その努力の結果がこうして報われて嬉しく思っております。まぁ、シアン男爵にはしてやられてしまいましたが」

セラドン伯爵がそのように言うと、シアン男爵は苦笑を浮かべて肩を竦《すく》めました。

「何の、あれは私の運が良かったに過ぎません。セラドン伯爵がマナ・ブレイドの特性を知り尽くせば、私に勝ち目はないでしょう」

「いやいや、ご謙遜されるな！　貴方《あなた》に男爵位を授けると話があった時は様々な意見があったものだが、こうして結果を出しているではないか。先王陛下の目は確かだったということを自ら証明している。素晴らしいことだ」

「うむ、そうだな。私も嬉しく思っているぞ、シアン男爵。ご息女とともに娘たちの支えになってくれていて頼もしい限りだ。私も胸を撫《な》で下《お》ろしているよ」

「恐縮でございます、オルファンス先王陛下。これも全てアニスフィア団長のお陰にございます。これからも魔道騎士団副団長の名に恥じぬよう、精進していきたいと思います」

「ハッハッハッ！　まさか冒険者として黒の森に狩りをしに訪れていたアニスフィア様が新たな騎士団の団長とは！　人生とはわからないものです！」

セラドン伯爵が陽気な調子で笑います。そうするとアニスも釣られて笑いました。

「私も、セラドン団長が大会に参加して、こうして顔を合わせるなんて思わなかったよ。ナヴルくんにも良い刺激になったんじゃないかな」

「ええ、紙一重でしたな。経験の差で勝ちを拾ったようなものです。スプラウト騎士団長も鼻が高いでしょう。ご子息がこれ程の活躍を見せたのですから」

「いやいや、まだまだですよ。精進が足りませぬな、もっと息子には奮起して貰《もら》わねばなりますまい」

惜しくもセラドン伯爵と競って、入賞を逃したのは実はナヴルでした。

一緒に観戦していたスプラウト騎士団長は嬉しいのやら、悔しいのやら、とても複雑そうに笑っていました。まだまだこれから、もっと鍛えなければ、と呟《つぶや》いていたのが実に印象的でしたね。

余談ですが、他に参加していた顔見知りと言えばガークですが、彼は途中でシアン男爵とぶつかって敗退しています。

「皆様の努力がこうして形になったこと、心から賞賛の言葉を贈らせて頂きます」

「ユフィリア女王陛下、光栄にございます」

「まだまだ道半ばの身です。これからも上を目指せるよう努力を続ける所存です」

セラドン伯爵とシアン男爵が深々と頭を下げました。そして、アニスは少しだけ誇らしそうに微笑《ほほえ》み、軽く頭を下げて一礼をしました。

「この後に慰労と親睦を兼ねた祝宴が催されますが、その時にも祝いの言葉を授けたいと思います」

「ありがとうございます！　いや、今日の酒は実に旨《うま》いでしょうな！　楽しみです！」

セラドン伯爵は本当に楽しみだと言うように朗らかに言いました。

それから空気は明るいまま、会話に興じることになりました。主に私が気になったのは北部や黒の森周辺の近況です。

ドラゴンが襲来した間際《まぎわ》は魔物が減少していたこともありましたが、今は普通に以前の環境が戻っていて、相変わらず忙しいのだとか。

そんな中でも、ドラゴン討伐の一件で知り合った女性と結婚をしたなどの嬉しい報告も聞けました。

「北部、特にドラゴン討伐に関わった者たちは皆、アニスフィア様のことを称えていますよ。ここ数年のご活躍には驚きましたが、我が事のように喜んでおります。そして魔学都市と魔道騎士団には強く期待しております。いずれ北部でも魔道具が使える日が来て欲しいものですな」

「そうなるように頑張ります。セラドン伯爵もお時間が出来たら、奥さんと一緒に魔学都市に観光しに来てください」

「いっそ騎士団同士の交流も検討したいところですね。それも魔学都市の開発が終わってからになると思いますが、楽しみにしておきたいと思います」

「私も楽しみにしていますね」

アニスも心の底から笑みを浮かべていて、良い交流になりました。

しかし、楽しい時間というのはすぐに過ぎていくもので、そろそろ祝宴に参加しなければならない時間が迫っていました。

「もう時間か、私たちは一足先に会場に行っている。また後で会おう」

「ええ、父上。また後で」

「アニス、ちゃんと最後までしっかりするのよ？」

「は、はい、母上……」

「ユフィリア、アニスをお願いね」

「ええ、任せてください」

最後までアニスを案じながら、義母上《ははうえ》は義父上《ちちうえ》に連れられるように会場に向かっていきました。

ここから祝いの言葉をかけるのは、私一人の仕事ですからね。お父様とスプラウト騎士団長も二人についていきました。

「……申し訳ありません。シアン男爵、セラドン伯爵、少しだけお時間を貰っても良いですか？　すぐに追いつきますので」

「え？　ユフィ、どうかしたの？」

「畏《かしこ》まりました。先に行って待っておりますので、ごゆるりと。セラドン伯爵、先に参りましょう」

「うむ？　あぁ、そうか。了解した。それでは、また後ほどに」

二人は私の考えを察したのか、一礼してから足早に去って行く。

そして残されたのは私とアニスだ。アニスは二人になってから察したのか、額を押さえて溜息《ためいき》を吐《つ》きました。

「ちょっと、ユフィ？」

「ごめんなさい、アニス。もう辛抱ならなくて」

ジト目を向けてくるアニスを、私は強く抱きしめました。

アニスの存在を全身で感じながら、愛《いと》おしさに身を任せて彼女を腕の中に閉じ込めます。

アニスは驚きながらも、すぐに仕方ないというように身を預けてくれました。

「……もう、これから皆の前に立たなきゃいけないんだから。変なことしないでよ？」

「……少しだけ、もう少しだけこのままでいさせてください。じゃないと、アニスが愛おしいという気持ちでどうにかなってしまいそうなんです」

「それは怖いなぁ。まったく、仕方ないんだから」

アニスも私の背中に手を回して、幼子をあやすように背中を叩《たた》いてくれます。

「アニス」

「なぁに？」

「大好きです」

「知ってるよ」

「愛してます」

「うんうん」

「……私の全てを受け止めて、全力で私を求めてくれる貴方が本当に愛おしいんです」

「……うん」

アニスもまた私を抱きしめてくれました。

このまま時間が止まってしまえばいいのにと、本気でそう思ってしまいました。

私は幸せです。この人からどうしようもなく幸福を与えられています。私という存在が、魂が貴方を求めているに違いありません。

ずっと離したくない。もっと貴方を求めて、私も求めて欲しい。こんなに貪欲だったのかと自分で思う程に、貴方を愛しているんです。

「私の隣に、ずっといてください」

「……いいのかな？」

「世界が許さなくても、私が許します。そして、私は世界も従わせてみせます」

「なんか怖いこと言い出してる……」

「もう、遠慮しない方がいいのかなと思いまして」

「ちょっと待って、今まで遠慮してたみたいなこと言ってない？　流石《さすが》に冗談でしょ？」

「私がアニスに冗談を吐くとでも？」

「……都合の悪いことは言うと思う」

「じゃあ、これは都合が悪いことだと思いますか？」

「……ええ？」

抱き合いながら顔を見合わせると、アニスは情けない表情になっていました。

その顔を見ているだけで面白くなってしまって、笑みが零《こぼ》れて仕方ないのです。

「アニスだって、こんなに全力で私を求めてくれたじゃないですか。ダメですよ、心臓がずっと落ち着かなかったんですから」

「……惚《ほ》れ直したってことでいい？」

「はい。何度だって、貴方に生まれ変わらせて貰ってます」

「大袈裟《おおげさ》～！」

「大袈裟じゃないですよ」

もう貴方は、私の命同然になっているんですから。

貴方がいるから、私は人を愛することを覚えました。

貴方が世界を愛しているから、私も愛したい世界を見つけました。

でも、貴方を失ってしまえば全てが色褪《いろあ》せてしまうことでしょう。

もしも世界が貴方を否定し、その居場所を奪うというのなら。

私は世界を滅ぼしてでも貴方が生きることが出来る世界を作るでしょう。

こんな思いを知ってしまえば、貴方に恐れられてしまうかもしれません。心のどこかでそれを恐れていたかもしれません。

でも、貴方が私と同じだけの思いで、私を愛してくれるというのなら。

私は、私の全てをもって貴方を求めていいのでしょうか？　それが許されるなら、私は世界で一番の幸せ者になるでしょう。

アニスの肩口に埋《うず》めるように顔を寄せながら、私は祈るように貴方の名を呼ぶのです。

「……アニス」

「もう、何？　今度はどうしたの？」

「私は、幸せになってもいいですか？」

どうか、望む答えをください。

貴方《あなた》が幸せになってくれる世界に、私も一緒に生きることを許して貰っていいですか？

人に知られれば恐れられるだろう一面を持っていても、貴方の側《そば》にいたいのです。

どうか許して欲しいと、そう請《こ》うように貴方に愛を求めて止《や》まないのです。

貴方に拒否されたら、きっと朽ちる花のように枯れてしまいますから。

息を吸うように、渇きを潤すように、自然と側にいることが当たり前だと思える程に側にいることを許して欲しいんです。

「そんなの当たり前じゃない。ユフィは幸せにならないとダメなんだよ」

「ダメなんですか？」

「そうでしょう？　だって、一緒に幸せにならないと私が嫌だもん。ね？」

……はぁ、と。震えた吐息が零れてしまいました。安堵《あんど》と幸福感が胸を満たしていく。

私は、ちゃんと息をしている。この生命を精一杯に生きている。

この愛すべき世界で、貴方と一緒に。それが例えようもない程の幸せなのです。

私たちは言葉もなく見つめ合って、そして自然と唇を重ねました。

――こうなるのが自然の摂理だと、そう言い張れるぐらいに私は貴方を愛しています。

あとがき

この度は『転生王女と天才令嬢の魔法革命』八巻を手に取って頂き、ありがとうございます。作者の鴉《からす》ぴえろです。本巻は楽しんで頂けたでしょうか？

前巻である七巻がアニス中心の話となっていましたが、本巻は改めてユフィを中心とした話をお届けしました。

ユフィ視点の話となるので、アニスの視点ではあまり語られていない部分をお出ししようと手を付けてみたのですが、いざ書きだして見ると悩ましいことが多かったです。

しかし、その分見直しが出来る良《い》い機会ともなりましたので、このように続きとして書くことが出来たのが本当にありがたいと思っております。これも全ては皆様の応援のお陰でございます。

前巻のあとがきで、前巻の話はＷＥＢ版の話を再構築したと書いたと思います。本巻の話はＷＥＢ版でもあまり深く触れていなかった話ということもあり、本格的にＷＥＢ版とは話が違うものになっております。

これはとても嬉《うれ》しく、光栄なことではございますが、とても悩ましくもありました。私自身、本巻の作業を通してまだまだ転天の世界を見通せていないのではないかと思う程でした。その気付きと共に更なる続きを描くことが出来る、そんな体験をさせて頂けることに何よりの喜びを感じております。

新しい年も始まり、私も心機一転して作品と向き合い、皆様に楽しんで頂ける物語をお届け出来るように頑張りたいと思っております。これからも転天の展開を頑張っていきますので、皆様もどうか応援して頂けると心強く思います！

そして、新刊を出す度にどんどんパワーアップして新鮮な驚きを素敵なイラストと共に届けて頂いたきさらぎゆり先生、作業の相談に根気強く付き合ってくれた編集様、執筆を助けてくれた家族や友人、本当に！　本当にありがとうございました！

最後に！　本巻と同日に新作『聖女先生の魔法は進んでいる！』が発売されております！　こちらも全力を尽くして書いた一冊ですので、そちらも手に取って頂けると嬉しいです！　それでは、また次の機会でお会い出来ることを祈っております！

鴉ぴえろ

お便りはこちらまで

〒一〇二‐八一七七
ファンタジア文庫編集部気付
鴉ぴえろ（様）宛
きさらぎゆり（様）宛

富士見ファンタジア文庫

転生王女《てんせいおうじょ》と天才令嬢《てんさいれいじょう》の魔法革命《まほうかくめい》8

令和6年2月20日　初版発行

著者――鴉《からす》ぴえろ

発行者――山下直久

発　行――株式会社KADOKAWA
〒102-8177
東京都千代田区富士見2-13-3
0570-002-301（ナビダイヤル）

印刷所――株式会社暁印刷

製本所――本間製本株式会社

※定価はカバーに表示してあります。
●お問い合わせ
https://www.kadokawa.co.jp/（「お問い合わせ」へお進みください）
※内容によっては、お答えできない場合があります。
※サポートは日本国内のみとさせていただきます。
※Japanese text only

ISBN978-4-04-075023-1 C0193 ◇◇◇

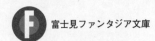

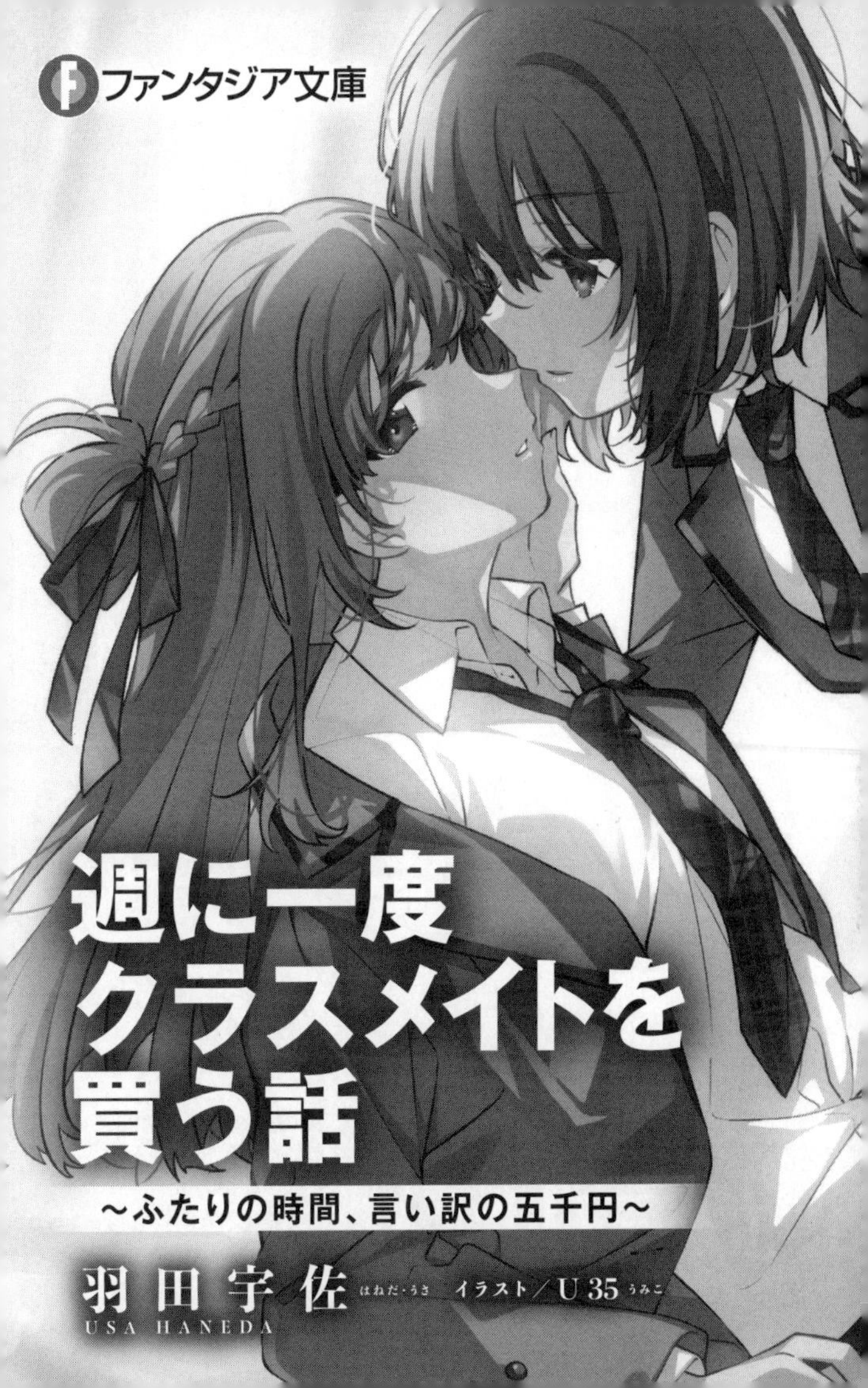
ファンタジア文庫
週に一度クラスメイトを買う話
～ふたりの時間、言い訳の五千円～
羽田宇佐《はねだ・うさ》 イラスト／U35《うみこ》
USA HANEDA

ティナ
四大公爵家のひとつ、ハワード家に生まれた公女殿下。なぜか誰でも扱える程度の魔法すら使うことができない。
変えるはじめましょう
アレン
公爵令嬢ティナの家庭教師を務めることになった青年。魔法の知識·制御にかけては他の追随を許さない圧倒的な実力の持ち主。
発売中!

双星の
無名の青年が天下無双の大活躍！
彼の前世は、最強の英雄だ！
華流転生ソードファンタジー。

シリーズ好評発売中！
天剣使い
HEAVENLY SWORD OF TWIN STARS
名将の令嬢である白玲は、
一〇〇〇年前の不敗の英雄が転生した俺を処刑から救った、
才ある美少女。
それから数年後。
始まった異民族との激戦で俺達の武が明らかに――！
最強の白×最強の黒の英雄譚、開幕！
ファンタジア文庫

切り拓け！キミだけの王道
ファンタジア大賞
原稿募集中！
賞金
《大賞》300万円
《金賞》50万円
《銀賞》30万円
選考委員
細音啓「キミと僕の最後の戦場、あるいは世界が始まる聖戦」
橘公司「デート・ア・ライブ」
羊太郎「ロクでなし魔術講師と禁忌教典《アカシックレコード》」
ファンタジア文庫編集長
前期締切 8月末日
後期締切 2月末日
公式サイトはこちら！ https://www.fantasiataisho.com/
イラスト／つなこ、猫鍋蒼、三嶋くろね